Five centimeters per second

Makoto Shinkai

Five centimeters per second

*Traduction du japonais par
Jean-Baptiste Flamin*

Titre original :
Novel 5 Centimeters Per Second

©Makoto Shinkai/CoMix Wave Films 2007
First published in Japan in 2016 by KADOKAWA CORPORATION, Tokyo.
French translation rights arranged
with KADOKAWA CORPORATION, Tokyo
through TOHAN CORPORATION, Tokyo.

French translation rights : Pika Édition

Traduction du japonais : Jean-Baptiste Flamin
Maquette de couverture : Hervé Hauboldt
Suivi éditorial : Oriale Faulhaber
Direction éditoriale : Mehdi Benrabah

© 2020 Pika Édition / Pika Roman

ISBN : 978-2-37632-041-8

Dépôt Légal : octobre 2020

Achevé d'imprimer en Italie
par Grafica Veneta S.P.A. en octobre 2020.

PAPIER À BASE DE
FIBRES CERTIFIÉES

Pika Édition s'engage pour l'environnement en
réduisant l'empreinte carbone de ses livres.
Rendez-vous sur www.pika-durable.fr

Épisode un

Fleurs de cerisiers choisies

1

— Regarde, on dirait de la neige, a dit Akari.

À l'époque, voilà déjà dix-sept ans de ça, elle et moi entamions tout juste notre sixième et dernière année d'école primaire. Sur le chemin du retour après la classe, nous longions un petit taillis, nos cartables sur le dos. C'était le printemps, le taillis abritait une multitude de cerisiers en pleine floraison et leurs pétales voltigeaient en nombre infini dans l'air, sans bruit – le bitume en était recouvert, ne laissant voir autour de nous qu'un blanc immaculé. L'air était doux et le ciel très pâle, comme si un peintre avait dilué son bleu dans un grand volume d'eau. Une large route ainsi que les rails de la ligne Odakyû couraient juste à côté, et pourtant, leur tumulte ne nous parvenait presque pas : les environs regorgeaient à la place du gazouillement des oiseaux qui célébraient le printemps. Il n'y avait personne d'autre dans les parages.

Le décor évoquait une scène printanière sortie d'une toile de peintre.

Oui, dans mon souvenir du moins, les scènes de cette époque me semblent tout droit sorties d'un tableau. Ou peut-être d'une image. Lorsque je fouille ma mémoire pour me repasser ces vieux films, mon regard se trouve pour ainsi dire placé à l'extérieur du cadre, à quelque distance des protagonistes. Je vois un garçon qui vient de fêter ses onze ans et une fille du même âge, quasiment aussi grande que lui. Leurs silhouettes, de dos, s'insèrent naturellement dans ce monde regorgeant de lumière. Dans chacun de ces tableaux, ils sont toujours de dos. Et toujours, la fille part en courant sans prévenir, laissant le garçon à la traîne. Je me rappelle le léger sentiment de solitude qui traverse alors le cœur de ce dernier, et bien que je sois adulte à présent, je n'en éprouve pas moins, comme lui, un brin de tristesse.

Mais peu importe. Revenons à Akari : elle avait, je crois, comparé les pétales de cerisier qui voltigeaient autour de nous à de la neige. Sauf que moi, à cette époque, j'avais beaucoup de mal à faire le rapprochement. Pour moi, les fleurs de cerisier étaient juste des fleurs de cerisier, et la neige, de la neige.

— Regarde, on dirait de la neige.
— Ah, tu trouves ? Je sais pas trop…
— Hum… Alors tant pis, m'a répondu Akari d'un ton sec.

Elle se tenait deux pas devant moi, et m'a tourné le dos. Ses cheveux châtains brillaient sous les reflets du ciel. L'instant d'après, elle a prononcé une nouvelle phrase énigmatique :

— Tu sais, il paraît qu'ils tombent à cinq centimètres par seconde.

— Hein ? Quoi donc ?

— Ben, à ton avis ?

— J'en sais rien.

— Allez, fais un peu travailler tes méninges, Takaki.

J'ai essayé, je vous rassure, mais ça n'a rien donné, alors je lui ai répondu franchement que je donnais ma langue au chat.

— C'est la vitesse à laquelle tombent les pétales de cerisier ! Cinq centimètres par seconde.

« *Cinq centimètres par seconde.* » Ces mots possédaient un écho mystérieux, troublant.

— Tu en sais, des choses intéressantes.

Akari est partie d'un léger rire joyeux.

— Et attends, ce n'est pas tout. La pluie, c'est à cinq mètres par seconde. Les nuages, à un centimètre par seconde.

— Les nuages ? Les nuages dans le ciel ?

— Ben oui. Lesquels veux-tu que ce soit ?

— Tu veux dire que les nuages aussi, ils tombent ? Ils ne flottent pas ?

— Tu as tout compris. C'est parce que ce sont des amas de gouttelettes d'eau. Ils ont l'air de flotter, mais c'est juste parce qu'ils sont très gros et très loin. En tombant tout doucement, les gouttelettes des nuages grossissent de plus en plus, et alors elles se changent en pluie ou en neige et atterrissent jusqu'à nous.

— Ouah…

J'ai scruté le ciel, admiratif, avant de reposer les yeux sur les fleurs de cerisier. Quand Akari, de sa voix gaie, m'apprenait ce genre de choses avec un plaisir manifeste, celles-ci m'apparaissaient comme autant de vérités essentielles sur l'univers. Cinq centimètres par seconde…

Mon amie a répété « ouah » pour me taquiner, puis soudain, elle a piqué un de ces sprints dont elle avait le secret.

— Eh, attends-moi, Akari !

Je me suis précipité à sa suite, courant après son cartable.

* * *

En ce temps-là, Akari et moi avions pour coutume d'échanger, sur le chemin du retour, des connaissances apprises dans les livres ou à la télé qui nous paraissaient importantes – par exemple, la vitesse à laquelle tombaient les pétales de cerisier, l'âge de l'univers ou la température à laquelle fond l'argent. À l'instar des écureuils qui rassemblent désespérément des glands avant d'hiberner, ou des voyageurs qui apprennent à lire les constellations en vue d'un périple en mer, nous amassions toutes sortes de fragments brillants éparpillés aux quatre coins du monde. Nous pensions sérieusement, sans trop de raison, que ces connaissances nous serviraient plus tard dans la vie.

Voilà pourquoi Akari et moi, à l'époque, savions des choses sur tout et n'importe quoi. Nous connaissions la position des constellations à différentes saisons et avions appris dans quelle direction et à quelle intensité on pouvait voir briller Jupiter. Nous savions pourquoi il y a des saisons sur Terre, l'époque à laquelle les Néandertaliens avaient disparu ainsi que le nom des espèces éteintes à l'ère cambrienne. Rien ne nous rendait plus enthousiastes que tout ce qui était infiniment plus grand que nous, et infiniment loin de nous. J'ai presque tout oublié aujourd'hui. Ces choses me font à présent l'effet de simples connaissances « autrefois familières ».

2

De ma rencontre avec Akari à notre séparation – soit trois années durant, de notre quatrième à notre sixième année de primaire –, elle et moi sommes restés en tous points identiques. Nos pères à tous les deux étaient souvent mutés pour leur travail, à cause de quoi nous devions sans cesse changer d'école ; voilà comment nous nous étions retrouvés dans le même établissement à Tokyo. J'avais quitté Nagano pour la capitale en troisième année, et en quatrième année, c'est Akari qui avait déménagé de Shizuoka pour atterrir dans ma classe. Je me rappelle encore le jour de son arrivée : je la revois figée devant le tableau pour se présenter, le visage mangé par la nervosité. Cette fille aux longs cheveux serrait ses mains à s'en faire blanchir les jointures devant sa jupe rose clair ; les bas rayons du soleil printanier qui entraient par la fenêtre l'éclairaient des épaules jusqu'aux pieds, tandis que le haut de son corps à partir des épaules demeurait dans l'ombre. Le stress rougissait ses joues, elle pinçait fort les lèvres et fixait de ses yeux grands ouverts un point dans l'espace droit devant elle. Songeant que j'avais dû faire la même tête qu'elle un an plus tôt, j'ai aussitôt éprouvé à son égard une sorte d'affinité qui m'a donné envie de la rencontrer et de devenir son ami. C'est pour cette raison, je crois, que je lui ai adressé la parole en premier. Nous nous sommes tout de suite entendus à merveille.

Akari était la seule avec qui je pouvais partager ce qui constituait pour moi de sérieux problèmes existentiels, comme le fait que je me sentais vraiment moins adulte que nos camarades ayant grandi à Setagaya[1], le fait que je ne pouvais plus respirer quand je me retrouvais mêlé à la foule devant la gare, ou celui que l'eau du robinet me paraissait étonnamment imbuvable. Elle et moi étions encore deux enfants chétifs et maladifs qui préféraient la bibliothèque de l'école au terrain de sport et pour qui les heures d'EPS représentaient un calvaire. Tout comme moi, Akari appréciait moins de s'amuser en groupe en faisant les fous que de discuter calmement en tête à tête ou de lire un livre en solitaire. À l'époque, j'habitais dans un appartement loué à la banque où travaillait mon père, Akari vivait elle aussi avec sa famille dans le logement de fonction du sien, et après l'école, nous faisions un bout de chemin ensemble. C'est donc tout naturellement que nous avons ressenti le besoin d'être l'un avec l'autre et que nous nous sommes mis

---

1. Le plus peuplé des vingt-trois arrondissements de Tokyo.

à passer ensemble nos récrés et nos moments de libres après la classe.

Par la force des choses, nos camarades ont commencé à se moquer de nous de plus en plus souvent. En y repensant à présent, leurs mots ou leur comportement n'étaient rien d'autre que des gamineries, mais à l'époque, je n'étais pas encore capable de laisser tout cela couler sans m'offusquer et chacune de ces taquineries m'infligeait autant de blessures profondes. Du même coup, Akari et moi nous mettions à dépendre encore plus l'un de l'autre.

Voilà ce qui s'est passé un beau jour : en revenant des toilettes pendant la pause déjeuner, je suis entré dans notre salle de classe pour trouver Akari pétrifiée devant le tableau. Sur celui-ci, quelqu'un avait écrit nos deux noms côte à côte sous un même parapluie (maintenant que j'y repense, ce genre de moquerie était vraiment monnaie courante) ; nos camarades formaient un cercle à distance du tableau et y allaient de leurs messes basses, les yeux rivés sur une Akari incapable du moindre mouvement. Elle s'était avancée jusqu'au tableau pour demander aux autres de cesser leurs méchancetés, ou peut-être pour effacer le malheureux gribouillis, mais un excès de honte l'avait figée en chemin. En la voyant ainsi, j'avais perdu mon sang-froid, je m'étais approché sans un mot, j'avais attrapé la brosse pour effacer frénétiquement le dessin puis, sans comprendre ce que je faisais, j'étais sorti de la classe en trombe en tirant Akari par la main. J'avais entendu monter derrière nous les protestations narquoises de nos camarades, mais j'avais poursuivi ma course en les ignorant. Peu à peu, j'ai pris conscience que j'avais fait preuve d'une audace inouïe et que la douceur de la main d'Akari dans la mienne faisait battre mon cœur à cent à l'heure au point de me donner le vertige. J'ai alors eu la sensation que, pour la première fois, le monde ne me faisait pas peur. Dorénavant, quels que soient les problèmes que la vie me réserverait – et elle se révélerait très généreuse de ce côté-là, entre les déménagements, les examens et autres concours, les lieux auxquels je ne me ferais jamais et les rencontres malheureuses –, je pourrais tout endurer pour peu que Akari soit à mes côtés. Bien que ce sentiment fût encore trop immature pour être qualifié d'« amour », ce n'est pas autre chose que j'éprouvais et je ressentais tout aussi clairement qu'elle nourrissait un sentiment identique à mon égard. À sa main tenant fermement la mienne, à son allure tandis que nous courions, ma certitude allait croissant. Et j'étais intimement convaincu que, pour peu que nous soyons présents l'un pour l'autre, nous n'aurions désormais plus peur de rien.

Durant ces trois années en présence d'Akari, ce sentiment, sans jamais perdre de sa vigueur, n'a fait au contraire que se renforcer. Comme nous avons décidé de tenter ensemble l'examen d'entrée dans un collège privé légèrement éloigné de chez nous, nous nous sommes mis à étudier avec application, ce qui nous a fait passer davantage de temps ensemble. Nous étions probablement des enfants un peu précoces sur le plan intellectuel, qui découvraient leur enfermement graduel dans un monde rien qu'à eux, tout en sachant très bien qu'il s'agissait d'une simple période de préparation et qu'une nouvelle vie au collège les attendait ensuite. Après tout, même si nous n'étions pas arrivés à nous adapter à l'école primaire, à l'issue de cette année, nous démarrerions une nouvelle vie collégienne en même temps que les autres élèves. Dès lors, notre monde s'élargirait sans cesse, prenant des dimensions jusqu'ici inconnues. Sans compter l'espoir qu'en devenant collégiens, les sentiments un peu flous qui existaient entre nous prendraient des contours plus nets. Un beau jour, nous serions sans doute capables de nous dire « je t'aime ». Nul doute qu'avec le temps, j'apprendrais mieux, pour ma part, quelle distance adopter vis-à-vis de mon entourage et d'Akari. Alors, elle et moi deviendrions plus forts, plus libres.

À présent, je me demande si la constance avec laquelle nous échangions des connaissances – constance qui frisait l'acharnement – ne nous servait pas à conjurer le pressentiment de perte qui nous habitait tous les deux. En dépit de notre attirance mutuelle et de notre vœu de ne jamais nous séparer, nous ressentions, nous redoutions peut-être même – du fait, qui sait, de nos expériences de transferts scolaires – que nos vœux ne soient pas entendus. Peut-être que ces partages de connaissances revenaient à échanger, à nous transmettre des morceaux de nous-mêmes, en prévision du jour où nous perdrions l'être précieux qu'était l'autre.

Finalement, Akari et moi allions devoir poursuivre notre scolarité dans des collèges différents. La nouvelle m'est tombée dessus comme la foudre, par une nuit d'hiver de cette sixième année de primaire, à l'occasion d'un coup de fil.

Akari et moi nous parlions très peu par téléphone et généralement, celui-ci sonnait encore plus rarement à une heure tardive (même s'il ne devait être environ que vingt et une heures). C'est pourquoi, lorsque ma mère m'a tendu le combiné en disant : « C'est Akari », j'ai eu un mauvais pressentiment.
— *Excuse-moi, Takaki*, a-t-elle fait de sa petite voix.
Les mots qui ont suivi étaient ceux que j'avais le moins envie d'entendre. Je me suis refusé à les croire.
On ne pourrait pas aller dans le même collège, m'a-t-elle annoncé. À cause du travail de son père, elle allait déménager dans une petite ville du nord du Kantô pendant les vacances de printemps. Sa voix tremblait, comme si elle pouvait fondre en larmes à tout instant. Je ne comprenais rien du tout. J'ai brusquement senti une puissante chaleur envahir mon corps, tandis que l'intérieur de mon crâne devenait quant à lui glacial. Je n'ai pas bien saisi ce qu'elle me racontait ni pourquoi il fallait qu'elle me le dise.

J'ai enfin réussi à articuler :

— Hein, mais... et le collège ouest ? Tu as pourtant réussi l'examen d'entrée.

— *On va faire des démarches auprès d'un collège public de Tochigi... Je te demande pardon.*

Un va-et-vient de voitures me parvenait de manière étouffée à travers le combiné – Akari m'appelait depuis une cabine téléphonique. J'avais beau me trouver dans ma chambre, le froid de sa cabine sembla investir mes doigts pour se communiquer à tout mon corps. Je me suis assis sur les tatamis et j'ai enserré mes genoux. Je cherchais mes mots.

— Non... tu n'as pas à t'excuser... mais...

— *Pourtant, j'ai une tante qui habite à Katsushika et je leur ai dit que je voulais aller au collège depuis chez elle, mais ils m'ont répondu que j'étais trop jeune pour ça...*

J'ai perçu ses sanglots étouffés, et instantanément, je n'ai plus voulu les entendre. Avant que je puisse m'en rendre compte, j'avais lancé avec agressivité :

— C'est bon, j'ai compris !

Cette réplique l'a dissuadée d'en dire plus et au même moment, j'ai senti qu'elle avait le souffle coupé. Malgré ça, je n'ai pas réussi à m'arrêter et ai encore asséné :

— Ça suffit ! Ça suffit...

La deuxième fois, je luttais farouchement pour contenir mes larmes. Pourquoi... *Pourquoi faut-il toujours que ça finisse comme ça ?*

Une dizaine de secondes se sont écoulées, puis j'ai entendu la voix étranglée, entrecoupée de sanglots, d'Akari qui me disait : « Pardonne-moi... » Assis par terre, je pressais fort le combiné contre mon oreille, incapable de l'en éloigner ou de couper la communication. Elle était blessée par mes mots, cela se manifestait à travers l'appareil, aussi clair que de l'eau de roche. Pourtant, c'était trop tard. Je n'avais pas encore appris à maîtriser les émotions qui étaient les miennes à ce moment-là. Après ce dernier coup de fil gênant avec Akari, je suis resté assis, les bras autour des genoux.

J'ai passé les quelques jours qui ont suivi dans une humeur monstrueusement sombre. J'avais terriblement honte de moi, incapable que j'étais de prodiguer quelques mots gentils à Akari, qui devait éprouver une angoisse bien pire que la mienne. C'est dans ce même état d'esprit que j'ai accueilli la cérémonie qui clôturait nos six années de primaire puis que j'ai dit au revoir à mon amie. Le malaise qui s'était installé entre nous n'avait pas disparu. Après la cérémonie, Akari m'a annoncé d'une voix douce :

— Takaki, c'est l'heure de se dire au revoir.

Même dans ce dernier moment ensemble, j'ai gardé la tête baissée, sans pouvoir répondre quoi que ce soit. J'étais vaincu par la fatalité. La présence d'Akari était la seule chose qui m'avait aidé à tenir jusque-là. Je comptais bel et bien m'efforcer de devenir adulte, mais je ne pensais pas y arriver sans sa présence à mes côtés.

Et puis, pour l'heure, je n'étais encore qu'un gamin. J'avais l'impression qu'une force inconnue m'avait volé tout ce que je possédais, y compris ma tranquillité d'esprit. Bien que Akari, à seulement douze ans, n'eût pas vraiment le choix, elle et moi n'avions pas à être séparés de la sorte. Non, absolument pas.

* * *

Mes sentiments n'étaient toujours pas apaisés lors de ma rentrée au collège, mais même si cela me déplaisait, j'ai dû faire face à un rythme nouveau, déstabilisant. Je fréquentais seul l'établissement dans lequel Akari aurait dû se trouver elle aussi. Je construisais petit à petit de nouvelles amitiés, et après moult hésitations, je me suis enfin résolu à faire du sport en m'inscrivant au club de foot. Mes journées se sont révélées incomparablement plus remplies qu'en primaire, mais à choisir, cela m'arrangeait. Passer du temps seul ne me faisait pas autant de bien qu'avant, au contraire : j'en souffrais carrément. Pour cette raison, je cherchais activement à côtoyer mes amis le plus souvent possible, je me couchais, le soir, aussitôt mes devoirs finis, et le matin, levé de bonne heure, je me rendais au premier entraînement du club où je me dépensais sans compter.

Et puis, Akari passait sans doute à Tochigi des journées aussi remplies que les miennes. Je souhaitais que cette vie nouvelle lui permette de m'oublier peu à peu. Après tout, la tristesse était la dernière chose que je lui avais fait ressentir. Moi aussi, de mon côté, je me devais de l'oublier. C'est en tout cas ce qu'elle et moi, à travers nos déménagements successifs, étions censés avoir appris à faire.

Au moment où la chaleur estivale se fit sentir pour de bon, une lettre d'Akari est arrivée. J'ai trouvé le pli rose dans la fine boîte aux lettres de mon immeuble, et lorsque j'ai compris de qui elle venait, la confusion a d'abord supplanté la joie en moi. Pourquoi maintenant ? Alors que ces six derniers mois, j'avais tout fait pour me familiariser avec ce monde sans Akari… Recevoir une lettre de sa part ravivait en moi la douleur de son absence.

Oui, car en fin de compte, en essayant d'oublier Akari, son souvenir avait au contraire viré à l'obsession. Je m'étais fait de nombreux amis, mais chaque fois je me rendais compte à quel point mon amie était quelqu'un de spécial. Je me cloîtrais dans ma chambre pour relire sa lettre, encore et encore. Même pendant les cours, je la cachais entre les pages de mes manuels pour la consulter en secret. Et cela sans cesse, jusqu'à la connaître par cœur, à la virgule près.

« *Cher Takaki Tôno* » : ainsi s'ouvrait la missive. Je reconnaissais dans les caractères l'écriture régulière et chère à mon cœur d'Akari.

« *Je suis sincèrement désolée de ne pas t'avoir écrit plus tôt. Comment vas-tu ? Ici aussi, l'été est chaud, bien qu'infiniment plus supportable qu'à Tokyo. Pourtant, en y repensant, l'été torride et humide de la capitale me plaisait bien. Tout comme le goudron brûlant des rues qui semblait à deux doigts de fondre, les vibrations de l'air dues à la chaleur qui faisaient écran devant les immeubles ou la climatisation glaciale des grands magasins et du métro.* »

Ce texte étrangement adulte était émaillé ici et là de petits dessins (un soleil, une cigale, un building...), me faisant imaginer une Akari en train de gagner en maturité. C'était une lettre courte, donnant seulement quelques nouvelles : elle se rendait à son collège public dans un train à quatre wagons, elle avait intégré le club de basketball pour se renforcer physiquement, elle s'était résolue à faire couper ses cheveux et sa nouvelle coiffure dégageait à présent ses oreilles. Étonnamment, tout cela ne parvenait pas à la rendre sereine. Elle n'écrivait pas qu'elle se sentait seule loin de moi, et la tournure du texte laissait penser qu'elle prenait ses marques sans problème. Cependant, j'avais la certitude qu'elle voulait me revoir, me parler, et qu'elle souffrait de la solitude. En effet, car sinon, pourquoi m'aurait-elle écrit ? Quant à moi, c'est exactement ça que je ressentais à son égard.

À compter de cette lettre, Akari et moi avons commencé à échanger au rythme d'une missive par mois. Cette correspondance m'a aidé à me sentir bien mieux au quotidien. À titre d'exemple, j'ai réussi à considérer pleinement les cours pour ce qu'ils étaient, c'est-à-dire ennuyeux. Après ma séparation d'avec Akari, les rudes entraînements de foot ou le comportement abusif de mes camarades des classes supérieures – en somme, tout ce que j'acceptais jusqu'alors comme *allant de soi* – m'ont semblé beaucoup plus durs à supporter. Or, étrangement, le fait de voir les choses sous cet angle les rendait paradoxalement bien plus faciles à accepter. Nous n'évoquions jamais dans nos lettres la frustration ou les problèmes du quotidien, mais la sensation d'avoir ne fût-ce qu'une personne au monde qui nous comprenait nous rendait plus forts.

De fil en aiguille, notre premier été au collège a touché à sa fin, puis l'automne a fait de même, laissant place à l'hiver. L'espace de ces quelques mois, j'ai fêté mes treize ans, grandi de sept bons centimètres, pris du muscle, et j'ai enfin arrêté de tomber malade pour un rien. J'arrivais bien mieux à jauger quelle distance je devais placer entre moi et le monde. Akari avait elle aussi soufflé sa treizième bougie. De temps en temps, en regardant les filles de ma classe dans leurs uniformes scolaires, j'imaginais comment elle avait pu changer. Dans l'une de ses lettres, elle écrivait qu'elle voulait à nouveau admirer les cerisiers avec moi, comme en primaire. Près de chez elle s'en trouvait un immense. « *Au printemps, ses pétales aussi tomberont au sol à la vitesse de cinq centimètres par seconde.* »

Au troisième trimestre s'est décidé pour moi un nouveau changement d'école.

Nous déménagerions durant les vacances de printemps pour Kagoshima, dans le Kyûshû, et même jusqu'à une île reculée du département. Celle-ci se trouvait à environ deux heures de vol depuis l'aéroport de Haneda. Pour moi, c'était comme prendre un aller simple pour les confins du globe. Pourtant, j'étais déjà habitué à changer de vie de la sorte et la nouvelle ne m'a pas bouleversé outre mesure. Le problème, c'était plutôt la distance avec Akari. Nous ne nous étions pas revus depuis notre entrée au collège, mais à y bien réfléchir, nous n'habitions pas si loin que ça l'un de l'autre. On rejoignait la ville du nord du Kantô où vivait Akari depuis mon arrondissement de Tokyo en à peu près trois heures de train, avec plusieurs changements. Au fond, nous aurions tout à fait pu nous voir les week-ends. Cependant, lorsque j'aurais déménagé à l'extrême sud du pays, nous n'aurions plus cette possibilité.

C'est pourquoi j'ai annoncé par courrier à Akari que je voulais la revoir une dernière fois avant mon déménagement. Sa réponse a été immédiate. Les examens de fin du troisième trimestre approchaient, je devais quant à moi préparer mon déménagement tandis qu'Akari était pour sa part prise par ses activités en club, aussi le mieux était-il de nous retrouver une nuit de fin de trimestre après les cours. En consultant les horaires de train, nous nous sommes fixé un rendez-vous à dix-neuf heures à la gare de chez Akari. Je devrais arriver à l'heure pour peu que je sèche le club et parte immédiatement après le dernier cours. Cela nous laisserait deux heures pour discuter, puis je pourrais rejoindre Tokyo par le dernier train. En tout cas, du moment que je pouvais rentrer chez moi le jour même, n'importe quelle excuse ferait l'affaire auprès de mes parents. Il me faudrait prendre successivement les lignes Odakyû et Saikyô, puis les lignes Utsunomiya et Ryômô, mais comme je n'emprunterais que des trains normaux, qui s'arrêtaient à chaque gare, je m'en tirerais pour trois mille cinq cents yens[1] aller-retour. Ce n'était pas une maigre dépense pour moi à l'époque, mais revoir mon amie était mon vœu le plus cher.

Deux semaines avant le jour J, j'ai pris mon temps pour rédiger une longue lettre que je remettrais à Akari. C'était sans doute la première lettre d'amour de ma vie. J'ai tâché d'être le plus sincère possible – même si tout ce que j'exprimais sonnait peut-être enfantin et puéril – en couchant sur le papier le genre d'avenir auquel j'aspirais, en évoquant les livres et les musiques que j'aimais, mais aussi en révélant à Akari à quel point elle était précieuse pour moi. Je ne me rappelle plus ce que j'avais écrit concrètement, mais j'avais noirci huit pages de papier à lettres. Le moi de cette époque avait tant de choses à dire à Akari, tant de choses à lui apprendre… Il suffirait qu'elle lise cette lettre, songeais-je, pour que les journées à Kagoshima me deviennent plus faciles à supporter. Cette lettre

---

1. Environ 29 €.

contenait des fragments de mon moi d'alors, que je souhaitais transmettre à Akari.

Durant les quelques jours où j'ai écrit cette lettre, j'ai rêvé de mon amie à plusieurs reprises.
J'étais chaque fois un petit oiseau agile à l'esprit vif, au cœur d'une ville plongée dans la nuit. Je m'élevais au-dessus des fils électriques, au-dessus des immeubles, puis prenais encore de l'altitude en battant prestement des ailes. Je rejoignais la personne qui comptait le plus au monde pour moi – aussi l'exaltation et la vitesse, mille fois supérieures à ce que je connaissais sur la terre ferme, faisaient-elles frémir mon frêle corps de volatile d'une joie débordante. En un clin d'œil, je réalisais que j'étais très haut dans le ciel, que les lumières de la ville, en lots compacts, brillaient tout comme des étoiles dans le souffle puissant de la nuit, et que les phares des trains faisaient ressembler les lignes de chemin de fer à des veines et des artères aux battements réguliers. Mon corps a fini par percer les nuages et je me suis retrouvé dans un océan de nuées éclairées par la lune. Bleu et transparent, le clair de lune faisait scintiller de manière crue les crêtes des nuages, me donnant l'impression d'évoluer sur une autre planète. Le bonheur d'avoir acquis la force d'accéder à un monde où l'horizon était visible à perte de vue faisait fortement frémir mon corps recouvert de plumes. En moins de temps qu'il n'en faut pour le dire, j'approchais de ma destination, alors j'ai entamé une descente en piqué :

la région où Akari habitait s'étendait devant mes yeux. Je zigzaguais entre des champs immenses, entre les toits de rares habitations humaines et les bois touffus, quand j'ai vu une lueur bouger. C'était un train. J'avais la certitude qu'un autre moi voyageait à l'intérieur. Alors, mes yeux d'oiseau ont trouvé la jeune fille : elle attendait le train seule sur le quai de la gare. Cheveux courts laissant apparaître ses oreilles, elle était assise sur un banc, non loin d'un immense cerisier. Celui-ci n'était pas encore en fleur, mais je percevais, respirant sous sa dure écorce, tout un lot d'émotions captivantes. Prenant conscience de ma présence, la fille a levé les yeux au ciel. Nous pourrions bientôt nous revoir. Bientôt.

3

Le jour convenu avec Akari, il s'est mis à pleuvoir dès le matin. Partout, le ciel semblait surmonté d'une lourde chape grise depuis laquelle tombaient, droit jusqu'au sol, de fines et froides gouttelettes de pluie. C'était une de ces journées qui sentent l'hiver véritable, comme si le printemps pourtant proche avait changé d'avis pour faire demi-tour. J'avais enfilé par-dessus mon uniforme scolaire un épais duffle-coat marron et glissé ma lettre à Akari au fin fond de mon sac de cours avant de me rendre au collège. Comme il était prévu que je rentre tard dans la nuit, j'avais laissé un mot à mes parents pour leur dire de ne pas s'inquiéter. Mes parents et ceux d'Akari ne se connaissaient pas, et je ne croyais pas que les miens m'auraient autorisé ce voyage si je leur avais tout expliqué au préalable.

J'ai passé la journée les yeux rivés à la fenêtre dans un état d'excitation irrépressible. Le contenu des cours m'entrait par une oreille pour ressortir par l'autre. Je tentais probablement d'imaginer à quoi ressemblerait

Akari dans son uniforme, les conversations que nous aurions, et je me rappelais sa voix au timbre agréable. En effet, à l'époque, je n'en avais pas pleinement conscience, mais à présent, je me souviens combien la voix d'Akari me plaisait. J'adorais les vibrations qu'elle provoquait dans l'air. Elle avait chaque fois le don de piquer doucement et gentiment mon oreille. Cette voix, j'allais bientôt pouvoir l'entendre. Chaque fois que me venait cette pensée, un sentiment de chaleur submergeait mon corps. Je scrutais alors la pluie par la fenêtre pour me calmer.

La pluie.

Cinq mètres par seconde. Le paysage que j'observais par la vitre, bien qu'en plein jour, était sombre, et nombre de fenêtres étaient éclairées sur les immeubles de bureaux et d'habitation. Par moments, sur le palier de l'un d'eux au loin, un néon s'éteignait peu à peu en clignotant. Pendant que je m'abîmais dans cette contemplation, les gouttelettes de pluie grossissaient graduellement ; à la fin de la journée, elles s'étaient changées en flocons de neige.

Après les cours, je me suis assuré que mes camarades n'étaient plus là pour sortir de mon sac la lettre ainsi qu'un mémo. Après un temps d'hésitation, j'ai glissé cette dernière dans la poche de mon manteau. Comme je ne voulais surtout pas oublier de la remettre à Akari, je me sentirais plus rassuré si je pouvais la toucher du bout des doigts à tout moment. Le mémo, quant à lui, détaillait mon trajet en train en rappelant les horaires de départ à chaque tronçon : je l'avais déjà lu plusieurs dizaines de fois, mais cela ne m'a pas empêché de récidiver.

Tout d'abord, je partirais à quinze heures cinquante-quatre de la gare de Gôtokuji via la ligne Odakyû pour me rendre à Shinjuku. De là, je changerais pour la ligne Saikyô afin de rejoindre Ômiya, où je prendrais la ligne Utsunomiya qui m'amènerait à Oyama. À cette gare, un nouveau changement s'imposait pour la ligne Ryômô, grâce à laquelle j'atteindrais Iwafune, mon terminus, à dix-huit heures quarante-cinq. Comme j'avais rendez-vous avec Akari à dix-neuf heures en gare d'Iwafune, c'était l'horaire d'arrivée idéal. Ce serait la première fois que je prendrais le train seul pour aller aussi loin, mais je tentais de me convaincre que tout irait bien. *Ça va aller, il n'y aura aucune complication.*

J'ai descendu quatre à quatre les marches de mon école plongée dans la pénombre et récupéré mes chaussures dans le casier du hall d'entrée, pour en changer. Quand j'ai ouvert la porte principale, un puissant grincement métallique a retenti dans l'espace vide et mon cœur s'est mis à battre la chamade. J'ai décidé de laisser là le parapluie que j'avais apporté le matin, je suis sorti puis j'ai levé les yeux au ciel. Si l'air sentait la pluie ce matin, il charriait à présent une odeur de neige. Une odeur bien plus subtile et fine que celle de la pluie ; plus troublante, aussi. Du ciel gris descendait en voltigeant une infinité de fragments blancs et en les fixant, j'ai eu l'impression d'être aspiré vers celui-ci. J'ai enfilé ma capuche en vitesse, et couru jusqu'à la gare.

* * *

C'était la première fois que je pénétrais seul dans la gare de Shinjuku. Je n'avais eu que très peu d'occasions de transiter par cet endroit, exception faite du jour où, quelques mois plus tôt, j'étais allé voir un film avec des camarades de classe et des amis. À cette occasion, un ami et moi avions pris la ligne Odakyû jusqu'à Shinjuku, puis emprunté la sortie est du réseau JR[1] – rien que pour ça, nous avions eu toutes les peines du monde à ne pas nous perdre. L'architecture complexe de la gare tout comme la foule qu'elle abritait m'avaient bien plus marqué que le film.

Afin de ne pas me perdre, j'ai marqué un arrêt après les portiques de la ligne Odakyû, j'ai scanné prudemment du regard les panneaux indicateurs, trouvé celui qui indiquait : « *Réseau JR : guichet de vente* », et ai pris rapidement cette direction. Par-delà un espace immense planté à intervalles réguliers de piliers colossaux s'en trouvait un autre, équipé de plusieurs dizaines de distributeurs de tickets. Je me suis engagé dans la file la moins longue pour attendre mon tour. La femme devant moi, une employée de bureau vraisemblablement, dégageait un parfum, léger et suave, et malgré moi, mon cœur

---

1. Japan Rail, réseau de transport japonais.

s'est empli d'une sorte de tristesse déchirante. La file d'à côté s'est décalée et une odeur âcre de naphtaline a émané du manteau du vieux monsieur qui se trouvait à mon niveau ; celle-ci m'a rappelé, vaguement, l'angoisse du déménagement. Les voix de la masse de gens ici présents formaient un seul et même bruit de fond compact et grave, qui saturait l'espace. La pointe de mes chaussures mouillées par la neige refroidissait peu à peu mes orteils. La tête commençait à me tourner. Mon tour est venu d'acheter mon ticket, mais j'ai perdu tous mes moyens en constatant que la machine n'avait pas de boutons (à l'époque, les écrans digitaux étaient encore rarissimes). J'ai regardé la personne d'à côté à la dérobée et compris qu'il fallait presser directement l'écran avec le doigt.

J'ai franchi le portique automatique pour entrer dans l'enceinte de la gare. Tout en scrutant attentivement la myriade de panneaux à perte de vue, j'ai mis le cap vers le quai de la ligne Saikyô en me frayant un chemin à travers la marée humaine. « Ligne Yamanote cercle externe », « Ligne Sôbu direction Nakano », « Ligne Yamanote cercle interne », « Ligne Sôbu direction Chiba », « Ligne Chûô service rapide », « Ligne principale Chûô service express limité »... J'ai passé plusieurs quais puis, à un moment, j'ai repéré un plan de la gare. Je me suis posté devant pour l'étudier avec attention. Le quai de la ligne Saikyô se trouvait tout au bout. J'ai sorti mon mémo de ma poche afin de comparer avec l'heure sur ma montre (toute noire, elle m'avait été offerte à mon entrée au collège) : je devais partir de la gare de Shinjuku à seize heures vingt-six. L'affichage numérique de ma montre indiquait seize heures quinze. J'étais large.

J'ai trouvé des toilettes et y suis entré, juste au cas où. J'allais rester quarante minutes sur la ligne Saikyô, mieux valait être prévoyant de ce côté-là. En me lavant les mains, je me suis regardé dans la glace. Sur le miroir au tain sale, mon reflet était éclairé par la lumière blanchâtre des néons. J'avais grandi, ces six derniers mois, et je devais avoir l'air un tantinet plus adulte. Mes joues étaient un peu rougies, de froid ou d'exaltation, je l'ignore, mais cela m'a gêné. Dans peu de temps, j'allais revoir Akari.

Le train de la ligne Saikyô accueillait une foule dense sur le chemin de la maison, si bien que je n'ai pas trouvé de place assise. Imitant quelques personnes, je me suis appuyé contre la paroi du wagon et j'ai lu les titres des hebdomadaires dont les pubs étaient accrochées au plafond, puis j'ai regardé par la fenêtre, mais de temps en temps, j'observais les autres passagers à la dérobée. Ni mon regard ni mes sentiments n'étaient d'humeur à rester sagement en place et j'avais tout sauf envie de lire le roman de S.-F. dans mon sac. J'ai capté des bribes de conversation entre deux lycéennes, l'une assise et l'autre, vraisemblablement son amie, debout face à elle. Toutes deux, vêtues d'une jupe courte, avaient les jambes nues, longues et fines, et portaient des chaussettes tombantes.

— Comment ça s'est passé avec le garçon de la dernière fois ?
— Qui ça ?
— Tu sais, le type du lycée nord.
— Ça va pas la tête ! Il avait des goûts à faire peur...
— T'abuses ! En tout cas, moi, il me plaisait bien.

Elles avaient dû rencontrer ce garçon lors d'une soirée ou une autre occasion du genre. Même si elles ne parlaient pas de moi, je n'ai pu m'empêcher d'éprouver une légère sensation de gêne. Je me suis assuré que ma lettre était toujours dans ma poche en l'effleurant du bout des doigts et j'ai tourné la tête vers la fenêtre. Le train venait de s'engager sur un viaduc. Je prenais cette ligne pour la première fois. Le tangage et le bruit du train étaient subtilement différents de ceux auxquels j'étais habitué sur la ligne Odakyû et renforçaient mon inquiétude à l'idée de me rendre dans un lieu inconnu. À l'horizon, le faible soleil du crépuscule hivernal colorait le ciel d'une teinte orange clair, et à son aplomb figuraient à perte de vue des immeubles alignés très serrés. La neige tombait toujours sans discontinuer. Peut-être avions-nous quitté Tokyo pour entrer dans le département de Saitama. Les quartiers que nous traversions semblaient bien plus uniformes que ce que j'avais l'habitude de voir. Le paysage regorgeait d'immeubles de bureaux et d'habitations de tailles moyennes.

En gare de Musashiurawa, nous nous sommes arrêtés pour attendre un autre train à service rapide.

Une annonce a été diffusée dans la rame : « *Les passagers souhaitant arriver plus rapidement à Ômiya doivent descendre et se rendre sur le quai opposé.* » Environ la moitié d'entre nous avons suivi la consigne de manière confuse, une queue s'est formée à l'endroit indiqué et je me suis tenu en bout de file. Dans le bas ciel d'ouest, cerné entre les caténaires et les épaisses couches de neige, un soleil minuscule se montrait parfois dans les trouées nuageuses et faisait luire d'un pâle éclat des centaines de toits d'habitations. En observant ce paysage, je me suis soudain rappelé que j'étais déjà venu là voilà bien longtemps de ça.

En effet, ce n'était pas la première fois que j'empruntais cette ligne.

Lorsque nous avions déménagé de Nagano à Tokyo, juste avant le début de ma troisième année de primaire, j'avais alors pris ce train avec mes parents en gare d'Ômiya pour aller à Shinjuku. Une violente angoisse m'avait saisi au ventre tandis que je scrutais ce paysage par la fenêtre, car je n'y retrouvais rien de commun avec les tableaux champêtres que je connaissais à Nagano. En songeant que je n'allais pas tarder à vivre dans ce paysage saturé d'immeubles, les larmes m'étaient montées aux yeux. Cinq années s'étaient écoulées depuis, et malgré tout, je me suis dit que j'étais parvenu à survivre jusque-là, *du moins pour l'heure*. Je n'avais encore que treize ans, mais j'étais convaincu, sans exagérer, que ma vie ne tenait qu'à un fil. En effet, sans Akari, j'ignore ce que je serais devenu. Elle m'avait sauvé. Aussi ai-je prié afin qu'il en soit de même pour elle.

Comme Shinjuku, la gare d'Ômiya était une immense gare terminus, bien que de proportions moindres. En quittant la ligne Saikyô, j'ai gravi un long escalier puis me suis dirigé au milieu de la foule vers le quai de la ligne Utsunomiya. Dans l'enceinte de la gare, l'odeur de neige était plus forte encore et les gens trempaient leurs chaussures dans ces plaques devenues flaques en aspirant le liquide sous leurs semelles. Le quai de la ligne Utsunomiya débordait lui aussi de personnes rentrant chez elles, et de longues queues s'étaient formées aux futurs emplacements des portes du train. J'ai attendu un peu à l'écart. Cela ne servait à rien de faire la queue moi aussi, puisque je ne pourrais de toute façon pas m'asseoir. J'ai alors eu un mauvais pressentiment. Ce n'est qu'un instant plus tard que j'ai compris d'où il venait : une annonce au micro.

« Mesdames et messieurs, en raison des chutes de neige, le train de la ligne Utsunomiya, à destination d'Oyama, Utsunomiya, arrivera en gare avec un retard de huit minutes. »

J'ignore pourquoi, mais jusqu'à ce moment-là, il ne m'était pas venu une seconde à l'esprit que mes trains pourraient avoir du retard. J'ai comparé les heures indiquées sur mon mémo à celle de ma montre. Selon mon itinéraire de papier, je devais monter dans le train de dix-sept heures quatre, or, il était déjà dix-sept heures dix.

Le froid m'a soudain paru plus mordant et je me suis mis à trembler comme une feuille. Même lorsque j'ai entendu, deux minutes plus tard, le long sifflet d'alarme du train et vu ses phares apparaître, les frissons n'ont pas cessé.

* * *

L'affluence était plus forte sur la ligne Utsunomiya que sur les lignes Odakyû et Saikyô. C'était l'heure où tout le monde rentrait chez soi, qui après le travail, qui après l'école. Comparés aux trains précédents, ces wagons n'étaient plus de la première jeunesse ; les places assises étaient pensées pour des groupes de quatre personnes, comme sur la ligne locale que je prenais à Nagano. Je me tenais d'une main à la poignée fixée sur le côté des sièges, l'autre enfoncée dans ma poche, debout dans l'allée centrale. La température était tiède grâce au chauffage qui couvrait les vitres de buée et de la condensation se formait dans les coins. Personne ne prononçait le moindre mot, comme si l'épuisement avait eu raison de tout le monde. Cette scène éclairée au néon dans ce vieux wagon me semblait familière. J'avais l'impression d'être le seul à détonner dans ce tableau, alors pour soulager un tant soit peu ce malaise, j'ai tâché de respirer aussi discrètement que possible et de fixer le paysage qui défilait par la fenêtre.

Les immeubles se faisaient plus rares et des champs s'étendaient à perte de vue, entièrement recouverts de blanc. Au milieu des ténèbres lointaines, on apercevait les lumières de quelques habitations éparses. De gigantesques pylônes électriques surmontés de lumières rouges intermittentes étaient implantés à intervalles réguliers jusqu'au sommet d'une montagne, au loin. Leurs immenses silhouettes noires évoquaient des soldats menaçants alignés au garde-à-vous dans la plaine enneigée. Nous étions bel et bien arrivés dans un monde que je ne connaissais plus. Tout en observant ce paysage, je pensais à l'heure de mon rendez-vous avec Akari. Si jamais je prenais du retard, je n'avais aucun moyen de le lui faire savoir. À l'époque, les portables n'avaient pas encore investi les poches des collégiens et de toute façon, je ne connaissais pas le nouveau numéro de téléphone de mon amie. Dehors, la neige tombait de plus en plus vigoureusement.

Avant d'arriver en gare d'Oyama où aurait lieu ma prochaine correspondance, le train a parcouru ce qui aurait dû lui prendre une heure en temps normal avec une lenteur insupportable. La distance entre chaque gare était incroyablement longue comparée à Tokyo, et tout aussi incroyablement longue était la durée pendant laquelle le train restait en gare. Chaque fois, nous avions droit à la même annonce : « *Mesdames et messieurs, en raison du retard du train suivant, notre rame va stationner en gare un moment. Veuillez nous excuser pour la gêne occasionnée. Nous vous prions de bien vouloir patienter...* »

J'ai regardé ma montre, encore et encore, priant chaque fois de toute mon âme pour que l'aiguille n'indique pas encore dix-neuf heures ; or, le temps filait, lui, inexorablement, sans que nous avancions d'un mètre, et chaque fois, j'éprouvais une vive douleur des pieds à la tête, comme si une force invisible enserrait tout mon corps. J'avais l'impression d'être prisonnier d'une cage invisible qui se contracterait peu à peu.

J'en avais à présent la certitude : je n'arriverais pas à l'heure au rendez-vous.

Lorsque dix-neuf heures, l'heure convenue, ont sonné, le train n'avait même pas encore atteint la gare d'Oyama : il stagnait à Nogi, à deux arrêts de là. La gare d'Iwafune, où m'attendait Akari, se trouvait encore à vingt minutes d'Oyama, après changement. Les deux heures passées dans ce wagon depuis que nous avions quitté la gare d'Ômiya avaient suscité en moi une impatience et un désespoir sans bornes – je devenais chaque minute plus tendu. Je n'avais encore jamais fait l'expérience d'un moment aussi atrocement long. Je ne savais plus bien s'il faisait froid ou chaud dans le compartiment. Je ne sentais plus que l'odeur de la nuit profonde qui y flottait, et la faim, car je n'avais rien avalé depuis midi. Au bout d'un moment, je me suis rendu compte que le wagon s'était peu à peu vidé et que j'étais seul à rester debout. J'ai alors choisi un carré de places vides non loin et me suis assis lourdement sur un siège. Aussitôt, mes jambes se sont engourdies, la fatigue a gagné chaque cellule de mon corps, depuis ses tréfonds jusqu'à ma peau. Une énergie peu habituelle circulait en moi sans que je puisse l'évacuer. J'ai sorti ma lettre à Akari de la poche de mon manteau pour y river le regard. L'heure du rendez-vous était passée, mon amie avait forcément commencé à s'inquiéter. Je me suis rappelé notre dernière discussion au téléphone. *Pourquoi faut-il toujours que ça finisse comme ça ?*

En gare de Nogi, le train a stationné quinze bonnes minutes, avant de se remettre en branle.

* * *

Lorsqu'il est enfin arrivé à Oyama, il était dix-neuf heures quarante passé. Aussitôt descendu, j'ai foncé jusqu'au quai de la ligne Ryômô. J'ai froissé en boule le mémo désormais inutile et l'ai jeté dans une poubelle sur le quai.

La gare d'Oyama était grande, mais les passagers s'étaient faits plus rares. En dépassant le quai que je cherchais, j'ai aperçu une sorte de salle d'attente équipée en son centre d'un calorifère. Plusieurs personnes étaient assises sur des chaises tout autour. Elles devaient attendre que leur famille vienne les récupérer en voiture. En tout cas, leurs silhouettes se fondaient on ne peut plus naturellement dans le paysage. Moi seul, fébrile, fonçais à perdre haleine.

Pour atteindre le quai de la ligne Ryômô, il fallait descendre une volée de marches puis traverser une sorte de passage souterrain. Le sol était de béton nu, sans décoration aucune, avec des piliers en béton carrés régulièrement espacés et plusieurs tuyaux en métal qui sortaient du plafond pour se croiser. Les deux côtés du quai entre les piliers étaient exposés au vent, si bien que seul le profond gémissement du blizzard emplissait les lieux. Des néons blafards éclairaient vaguement cet espace aussi vide qu'un tunnel. Les volets des kiosques à journaux étaient hermétiquement fermés. J'ai eu la sensation de me retrouver perdu à des années-lumière de l'endroit où je devais être, mais une poignée de passagers attendaient bel et bien avec moi sur le quai. Seul l'éclairage jaunâtre d'une gargote proposant des nouilles et de deux distributeurs automatiques installés côte à côte réchauffait un tant soit peu l'atmosphère, bien que dans l'ensemble, l'endroit restât d'une solitude glaçante.

Une voix désincarnée a prononcé l'annonce suivante :

« *En raison des chutes de neige, les trains de la ligne Ryômô circulent avec un retard important. Nous vous prions d'accepter toutes nos excuses pour la gêne occasionnée. Veuillez patienter encore quelques instants avant l'arrivée du train.* »

J'ai mis ma capuche pour me protéger un minimum du froid, me suis adossé à un pilier afin de me garder du vent et j'ai attendu, immobile, la venue du train. Un froid mordant s'insinuait en moi depuis le sol en béton. Sous l'effet de l'agacement de ne pas pouvoir prévenir Akari, du froid qui continuait à me déposséder de ma chaleur et de la faim qui me tenaillait, je me raidissais et me crispais comme jamais. J'ai vu deux employés de bureau manger des nouilles au sarrasin, debout au comptoir de la gargote. J'ai failli aller en commander moi aussi avant de me raviser : Akari m'attendait peut-être en luttant contre la faim, je ne pouvais pas être le seul à me remplir le ventre. J'ai quand même décidé d'aller prendre une canette de café chaud au distributeur. En voulant sortir mon portemonnaie de la poche de mon manteau, la lettre que je comptais donner à Akari s'en est échappée.

En y repensant, même sans ce coup du sort, je ne sais pas si je la lui aurais remise. Dans les deux cas, cela n'aurait pas changé grand-chose. Nos vies ne sont en effet que d'immenses accumulations d'événements, et cette lettre n'était rien de plus qu'un élément de cette monstrueuse pile de petits riens. Au bout du compte, sur une échelle de temps suffisamment longue, n'importe quel sentiment puissant se modifie peu à peu. Ainsi, il en serait allé de même, que je lui eusse ou non donné la lettre.

À peine la lettre s'est-elle échappée lorsque j'ai sorti mon portemonnaie qu'une rafale l'a emportée, et en moins de temps qu'il n'en faut pour le dire, elle a traversé le quai pour disparaître dans la nuit noire. J'ai failli fondre en larmes. Par réflexe, j'ai baissé la tête et serré les dents, réussissant à réprimer des sanglots. Je n'ai pas acheté de café.

* * *

Finalement, le train de la ligne Ryômô dans lequel je suis monté a marqué un arrêt complet à mi-chemin de la prochaine gare. Une annonce a retenti dans le wagon : « *Le train est arrêté pour cause de perturbations du trafic dues à la neige. Nous vous prions d'accepter nos excuses pour la gêne occasionnée. Malheureusement, aucune perspective de retour à la normale n'est encore prévue.* » Par la vitre, on ne voyait à l'infini qu'une sombre plaine recouverte d'un manteau blanc. La tempête de neige faisait cliqueter sans répit le cadre de la fenêtre. Je ne comprenais pas du tout pourquoi on devait rester plantés comme ça au milieu de nulle part. J'ai regardé ma montre : j'avais déjà deux bonnes heures de retard. Combien de centaines de fois ai-je regardé l'heure, ce jour-là ? J'en avais assez de voir le temps filer, alors j'ai détaché ma montre et l'ai posée sur la tablette près de la fenêtre. J'étais réellement à bout de nerfs. Tout ce qui me restait à faire, c'était prier pour que le train redémarre au plus vite.

« *Cher Takaki, comment vas-tu ?* » m'écrivait Akari dans ses lettres. « *Je t'écris ces quelques mots dans le train car les activités de mon club commencent tôt.* »

Allez savoir pourquoi, l'Akari que j'imaginais à travers ces lettres était toujours seule. Après tout, moi aussi je me retrouvais livré à moi-même. J'avais bien quelques amis à l'école, mais le véritable moi était en fait celui qui avait comme à présent la tête cachée sous sa capuche, assis seul dans un train vide. Le chauffage ne suffisait pas à égayer l'atmosphère éperdument froide et maussade de ces quatre wagons quasi déserts. Je ne sais pas comment l'exprimer mais... je n'avais jusqu'alors jamais fait l'expérience de moments aussi horribles. Tout ce que je pouvais faire, assis au milieu du large carré de places, c'était me recroqueviller, me racornir sur mon siège, serrer les dents et supporter de mon mieux, sans pleurer, surtout, l'énorme stock de malignité que le temps déversait sur moi. Songer que Akari m'attendait seule dans une gare gelée, imaginer le désespoir qu'elle ressentait, me rendait fou. Je souhaitais de toutes mes forces et de tout mon cœur qu'elle cesse de m'attendre, qu'elle rentre chez elle.

Or, j'étais persuadé qu'elle m'attendrait.

J'en avais la certitude, et cette certitude m'attristait, douloureusement. Dehors, la neige tombait, sans le moindre répit.

4

Le train s'est remis en branle après plus de deux heures et je suis arrivé en gare d'Iwafune à vingt-trois heures passées, avec plus de quatre heures de retard. Pour moi, à l'époque, c'était carrément le milieu de la nuit. Quand la porte du train s'est ouverte et que j'ai posé le pied sur le quai, mes chaussures se sont enfoncées dans une épaisse couche de neige, souple et craquante. Il n'y avait plus le moindre souffle de vent et des flocons chutaient lentement, à la verticale, sans bruit. Aucun mur ni aucune palissade ne bordait le quai où j'étais descendu. Celui-ci était directement flanqué d'une étendue de neige à perte de vue. Peu de lampadaires éclairaient les environs, et seulement de loin. À l'exception du ronron du moteur du train à l'arrêt, le silence possédait les lieux.

J'ai traversé une petite passerelle et marché à faible allure jusqu'au contrôle des tickets. Depuis la passerelle, on avait vue sur la ville devant la gare. Les fenêtres allumées se comptaient sur les doigts des mains, la commune se laissait recouvrir en silence par la neige. J'ai tendu mon ticket à l'employé de gare puis suis entré dans celle-ci, un bâtiment construit en bois. Le sas de contrôle des tickets menait à une salle d'attente : en y pénétrant, j'ai aussitôt été enveloppé par l'air chaud et l'odeur nostalgique produits par un poêle à mazout. À la vision qui se présentait à moi, une sensation de chaleur s'est élevée du fond de ma poitrine. J'ai dû fermer les yeux très fort pour la laisser passer... En les rouvrant, lentement, j'ai vu une jeune fille assise sur une chaise devant le poêle, la tête baissée.

Je n'ai d'abord pas reconnu son corps fin enveloppé dans un manteau blanc. Je me suis approché à pas lents, et l'ai appelée :

— Akari.

Ma voix, enrouée, me surprenait moi-même. Akari a levé la tête doucement, un peu étonnée, et m'a regardé. C'était bien elle. Des larmes dans le regard, le coin des yeux rougi. En un an, son visage avait mûri ; il reflétait la lumière jaune et veloutée des lieux et m'a paru en cet instant beaucoup plus beau que celui de n'importe quelle autre fille. Une douleur lancinante, indicible, m'a parcouru, comme si quelqu'un appuyait directement le doigt sur mon cœur. C'était la première fois que je ressentais cela. Je n'ai pas pu détourner le regard. Les larmes grossissaient à vue d'œil dans celui d'Akari, mais je ne pouvais me détacher de ce spectacle, comme s'il s'agissait de quelque phénomène rarissime. Akari a saisi le pan de mon manteau et m'a tiré vers elle, me faisant avancer d'un pas. J'ai vu des larmes tomber sur ses mains blanches qui tenaient mon vêtement, un flot d'émotions irrépressibles a ressurgi en moi, et sans m'en rendre compte, j'ai versé des larmes. Dans un baquet posé sur le poêle, de l'eau bouillonnait doucement, et son bruit emplissait la petite pièce.

* * *

Akari avait apporté une thermos de thé et un bento fait maison. Nous nous sommes assis côte à côte devant le poêle et avons posé la boîte du panier-repas sur l'espace entre nos sièges. J'ai bu du thé qu'elle m'a donné. Très parfumé, celui-ci avait conservé sa chaleur.
— Il est délicieux, ai-je dit du fond du cœur.
— Tu trouves ? C'est juste du thé vert grillé.
— Du thé grillé ? C'est la première fois que j'en bois.
— Tu plaisantes ! Tu en as déjà bu, c'est obligé.
Akari a eu beau se montrer affirmative, je n'avais pas souvenir d'avoir goûté un thé aussi bon.
— Peut-être...
— Mais oui, crois-moi, a-t-elle insisté en riant.
Sa voix, son apparence me semblaient plus adultes que dans mon souvenir. Le ton qu'elle employait sonnait à la fois gentiment taquin et un peu gêné, mais l'entendre parler me réchauffait petit à petit.
Elle a ajouté :
— Et puis si tu veux, il y a ça, aussi.

Elle a défait le tissu autour de la boîte à bento, découvrant deux autres récipients en plastique. L'un contenait quatre *onigiri*[1] imposants, l'autre plusieurs accompagnements de toutes les couleurs : de petits burgers, des saucisses, de l'omelette, des tomates cerises et du brocoli. Elle en avait aligné joliment deux de chaque sorte.

— C'est moi qui ai cuisiné tout ça, donc je ne garantis pas que ce sera bon...

Elle a plié le carré de tissu puis l'a posé sur le côté, avant d'ajouter en rougissant :

— Je t'en prie, vas-y...

— Merci..., ai-je réussi à articuler.

Une sensation de chaleur a de nouveau envahi ma poitrine, les larmes sont montées à mes yeux derechef, mais, de gêne, j'ai fait mon possible pour les retenir. Je me suis souvenu que mon ventre criait famine et j'ai avoué à toute vitesse :

— J'avais vraiment une faim de loup !

Akari a souri, joyeuse.

L'*onigiri* pesait son poids, et j'ai dû me décrocher la mâchoire pour en prendre une bouchée. En le mastiquant, j'ai senti une nouvelle fois les larmes poindre, alors j'ai avalé en baissant la tête, pour me soustraire au regard de mon amie. Je n'avais rien goûté de plus délicieux à ce jour.

— C'est la première fois de ma vie que je mange quelque chose d'aussi bon, lui ai-je confié avec sincérité.

— Tu exagères...

---

1. Boulette de riz généralement enveloppée d'une algue nori.

— Non, je t'assure !
— C'est plutôt parce que tu avais faim.
— Tu crois ?
— Évidemment ! Allez, à mon tour, a-t-elle annoncé gaiement en prenant son *onigiri*.

Nous nous sommes restaurés ainsi pendant un moment. Les burgers, comme l'omelette, étaient divins. J'ai complimenté Akari, qui a eu un sourire embarrassé. Elle m'a ensuite expliqué avec fierté :

— Je suis rentrée à la maison après les cours pour tout préparer. Ma mère m'a un peu montré comment faire.

— Qu'est-ce que tu lui as raconté avant de sortir ?

— J'ai laissé un mot pour lui dire de ne pas s'inquiéter, que je rentrerai quoi qu'il arrive, même si c'est tard.

— J'ai fait pareil. Mais quand même, ta mère doit se faire un sang d'encre.

— C'est vrai… mais ça va aller. Pendant que je préparais les bentos elle m'a demandé, tout sourire, à qui j'allais les donner. Elle était très contente. Je pense qu'elle a compris.

Je me demandais bien ce qu'elle avait dû comprendre, mais j'ai croqué dans mon *onigiri* sans poser la question. Deux boulettes de riz gargantuesques chacun ont suffi à apaiser notre faim, et en ce qui me concerne, j'étais véritablement aux anges.

La salle d'attente baignait dans une vague lumière jaunâtre et nos genoux, immobiles face au poêle à mazout, étaient bien réchauffés. Nous nous trouvions complètement hors du temps, à parler sans nous arrêter tout en buvant du thé grillé. Ni elle ni moi ne songions à rentrer chez nous. Nous ne nous l'avions pas formulé clairement, mais je savais que nous le pensions l'un comme l'autre. Nous avions un millier de choses à nous dire. Nous nous sommes plaints de la solitude ressentie durant l'année écoulée. Nous ne cessions de répéter à quel point l'absence de l'autre nous avait rendus tristes et à quel point nous avions souhaité ces retrouvailles ; nous ne nous exprimions jamais de façon directe, préférant user de sous-entendus.

Il était déjà minuit lorsque l'employé de gare a discrètement toqué à la vitre de la salle d'attente.

— Je vais bientôt fermer la gare, il n'y a plus de trains.

C'était l'homme entre deux âges à qui j'avais montré mon ticket. Je l'ai d'abord cru énervé, mais son sourire m'a détrompé.

— Vous avez l'air de vous amuser alors je ne voulais pas vous embêter..., a-t-il ajouté avec bienveillance et une pointe d'accent dans la voix. Je suis obligé de fermer, c'est la règle. Faites attention en rentrant chez vous, par cette neige.

Nous avons remercié l'employé et quitté la gare.

La ville d'Iwafune était intégralement recouverte de neige. Celle-ci continuait à tomber droit, sans relâche, mais étrangement, dans ce monde nocturne où ciel comme terre étaient recouverts de blanc, il ne faisait plus froid. Nous marchions dans un état d'allégresse, côte à côte sur la neige nouvelle. J'ai pu constater que j'étais devenu plus grand que Akari de quelques centimètres, ce qui m'a rendu très fier. L'éclat livide des lampadaires, tels des projecteurs, créait des cercles de lumières devant nous. Akari s'est précipitée, toute contente, vers la prochaine tache circulaire, et en la voyant de dos, je suis resté un instant fasciné par son allure, bien plus adulte que dans mon souvenir.

À son initiative, nous avons décidé d'aller voir le cerisier dont elle m'avait parlé dans l'une de ses lettres. Nous n'avons marché qu'une dizaine de minutes depuis la gare, mais cela a suffi pour nous faire atteindre une immense portion de terres agricoles dénuée de toute habitation. Il n'y avait plus le moindre éclairage artificiel, mais la vague lueur de la neige était là pour guider nos pas. La luminosité de l'ensemble, bien qu'infime, nous empêchait d'être totalement plongés dans le noir. La vue se révélait splendide. On l'aurait dite exécutée avec soin par quelque artiste hors pair.

Le cerisier se tenait seul, au bord d'un sentier longé par des rizières. C'était un arbre remarquable, de haute taille, au tronc épais. Nous nous sommes arrêtés sous ses ramures et avons levé la tête au ciel. Les flocons tombaient en dansant à travers les branches enchevêtrées, sans bruit, depuis un ciel totalement noir.

— Regarde, on dirait de la neige, a dit Akari.

— C'est vrai.

Il m'avait semblé revoir l'Akari d'autrefois qui me souriait, sous le cerisier en pleine floraison.

Cette nuit-là, sous le cerisier, Akari et moi avons échangé notre premier baiser. Cela s'est fait très naturellement.

À l'instant où nos lèvres se sont touchées, j'ai cru comprendre où se trouvait ce qu'on appelle « éternité », ou « cœur », ou encore « âme ». J'ai cru pouvoir partager tout ce que j'avais vécu durant mes treize ans d'existence, et l'instant suivant, une immense tristesse m'a envahi.

Car je ne savais pas où emporter ni quoi faire de la chaleur, de l'âme d'Akari. Alors que sa présence, si précieuse, était *juste là*, devant moi, je restais désemparé. Je savais pertinemment que nous ne pourrions demeurer ensemble à jamais. Nous nous tenions sur le seuil d'une vie encore colossale, le temps qui nous était imparti semblait sans limites…

Or, cette angoisse qui m'a étreint sur le moment s'est finalement dissipée, pour ne laisser en moi que la sensation des lèvres d'Akari. Leur douceur et leur chaleur ne ressemblaient à rien de ce que je connaissais sur cette terre. Ce baiser fut vraiment particulier. En y repensant aujourd'hui, je me rends compte que plus aucun de ceux échangés dans ma vie n'a mêlé, et ne mêlera plus en lui une telle joie, une telle pureté, une telle profondeur de sentiments.

* * *

Nous avons passé la nuit dans une petite cabane en bois en bordure d'un champ. Elle renfermait différents outils agricoles ainsi qu'une vieille couverture remisée sur une étagère : nous l'avons dépliée puis avons ôté nos manteaux et nos chaussures trempés pour nous emmitoufler ensemble dedans, avant de discuter, longtemps, à voix basse. Sous son manteau, Akari portait son uniforme scolaire marin, et moi, mon uniforme de collégien. C'était peut-être la première fois que nous portions ces uniformes sans nous sentir seuls. Cela nous plongeait dans un bonheur sans nom.

Par moments, nos épaules se touchaient sous la couverture et les doux cheveux d'Akari effleuraient mes joues et ma nuque. Cette sensation ainsi que leur odeur sucrée ne me laissaient pas indifférent, mais ressentir la chaleur du corps de mon amie me satisfaisait amplement. Le souffle d'Akari secouait doucement ma frange, tandis que le mien faisait vibrer ses cheveux de façon imperceptible. Dans le ciel, les nuages devenaient graduellement plus fins, et de temps en temps, le clair de lune entrait par la fine fenêtre en verre pour emplir la cabane d'une lumière fantastique. Nous parlions sans nous arrêter, quand au cours de la conversation, nous nous sommes endormis sans nous en rendre compte.

Nous nous sommes réveillés vers six heures du matin, pour constater que la neige avait cessé de tomber pendant notre sommeil. Nous avons bu du thé grillé, encore un peu tiède, remis nos manteaux et marché jusqu'à la gare. Le ciel était parfaitement dégagé et le soleil matinal qui pointait derrière la ligne de faîte des montagnes faisait scintiller les champs recouverts de neige. Le monde débordait d'une lumière éblouissante.

De si bonne heure en ce samedi matin, nous étions les seuls sur le quai de la gare. L'aube éclairait sur toute sa longueur le train orange et vert de la ligne Ryômô, et c'est avec force reflets éclatants que celui-ci a freiné jusqu'à nous. Les portes se sont ouvertes, je suis monté et me suis retourné : Akari se tenait face à moi sur le quai. Akari, treize ans, son manteau blanc ouvert laissant entrevoir son uniforme marin de collégienne.

C'est vrai, ai-je alors réalisé. *Nous allons devoir rentrer chez nous, complètement seuls l'un comme l'autre.*

Quelle brusque séparation que celle qui survenait alors que, l'instant d'avant, nous échangions vivement, nous ressentions la présence de l'autre comme plus proche que jamais. Ne sachant quoi dire dans pareil moment, je restais muet. C'est Akari qui a rompu le silence :

— Tu sais, Takaki...

— Oui ?

Ma voix était à peine audible.

— Takaki, tu...

Elle a baissé la tête un instant. Derrière elle, le paysage enneigé brillait comme la surface d'un lac sous le soleil matinal. En voyant mon amie au milieu de ce tableau, j'ai soudain songé à quel point elle était belle.

Résolue, elle a soudain relevé la tête et repris, en me regardant droit dans les yeux :

— Tu verras, Takaki, tout va bien se passer. J'en suis sûre !

— Merci..., ai-je réussi à répondre.

La seconde d'après, les portes du train se sont refermées. *Non, ça ne peut pas se passer comme ça... Je dois trouver d'autres mots pour lui transmettre ce que je ressens.* Alors j'ai crié pour qu'elle m'entende à travers la porte :

— Toi aussi, prends soin de toi ! Je t'écrirai ! Et je t'appellerai !

Au même moment, j'ai eu l'impression d'entendre le cri d'un oiseau, lointain et aigu. Le train s'est mis en branle et nous avons posé ensemble la main droite sur la vitre, au même endroit. Il a fallu qu'Akari retire la sienne aussitôt, mais l'espace d'une seconde, nos paumes se sont retrouvées l'une contre l'autre.

Je suis resté debout devant la porte durant tout le trajet du retour.

Je n'ai pas dit à Akari que je lui avais écrit une longue lettre ni que je l'avais perdue. En partie parce que j'étais sûr que nous nous reverrions un jour, en partie parce que j'avais l'impression que tout, absolument tout mon univers avait changé depuis ce baiser.

Debout face à la porte, j'ai effleuré l'endroit où Akari avait posé sa main.

« *Tu verras, tout va bien se passer* », m'avait-elle assuré. Étrangement, j'avais l'impression qu'elle avait vu juste au sujet de quelque chose qui me concernerait – sans bien savoir de quoi il pourrait s'agir. Et en même temps, j'ai eu le pressentiment qu'un jour, dans un très lointain futur, les mots d'Akari se révéleraient d'une aide très précieuse.

Pour l'heure, je préférais me concentrer sur le moment présent. *Je souhaite devenir assez fort pour la protéger.*

Tout en ressassant cette idée, j'ai continué, jusqu'au bout, à fixer le paysage derrière la vitre.

Épisode deux

Cosmonaute

1

Le soleil matinal pointe à peine le bout de son nez à l'horizon qu'il confère déjà à la surface de l'eau un scintillement éblouissant. Le ciel est d'un bleu uni à dissuader quiconque de se plaindre, l'eau, tiède au contact de ma peau, et mon corps léger, si léger. Je flotte sur la mer illuminée sans personne à des centaines de mètres à la ronde. Dans ce genre de moments, mon existence me paraît très spéciale et, comme chaque fois, une vague de bonheur m'envahit. Voilà mon ressenti à l'instant présent, en dépit de tous les problèmes qui sont les miens.

Or peut-être qu'à la base, c'est cette insouciance totale et cette envie de plonger dans le bonheur immédiat qui sont la cause de mes ennuis ? Malgré ça, je me mets à ramer joyeusement avec les bras dans l'attente de la prochaine vague. Comme elle est belle, la mer, le matin… Les mouvements moelleux et lents des vagues qui se lèvent, ses teintes aux nuances complexes qu'aucun mot ne saurait restituer. En extase devant ce spectacle, je fais glisser dans le sens des vagues la planche sur laquelle je suis allongée. Sentant que l'une d'elles commence à exercer sa poussée sous mon corps, je tente de me mettre debout, mais aussitôt, je perds l'équilibre et finis avalée par la lame. Encore raté. Le peu d'eau de mer que j'ai malencontreusement inspiré par le nez me pique derrière les yeux.

Problème numéro un : ces six derniers mois, je ne suis pas arrivée à chevaucher une seule vague.

Je me trouve à présent sur la dune au-dessus de la plage, au fond du parking (enfin, c'est juste un carré de terre vide envahi par les herbes folles), à l'ombre de plantes de grande taille. J'ai ôté ma combinaison moulante en lycra ainsi que mon maillot de bain et, nue, je me douche au tuyau d'eau douce, m'essuie rapidement puis enfile mon uniforme. Pas un chat dans les environs. Le vent marin sur mon corps brûlant est agréable. Mes cheveux courts, pas assez longs pour toucher mes épaules, sèchent en un rien de temps. Le soleil projette nettement l'ombre des hautes herbes sur le haut de mon costume marin. J'adore la mer, peu importe l'heure de la journée, mais j'ai un faible pour les matins de cette saison. Si nous étions en hiver, ce moment où je me change au sortir de l'eau serait infernal.

J'enduis de baume mes lèvres sèches quand j'entends le monospace de ma grande sœur : je prends ma planche de surf ainsi que mon sac de sport avec moi pour aller à sa rencontre. Mon aînée a mis son survêtement rouge aujourd'hui ; elle ouvre la fenêtre côté conducteur et me demande :

— Alors Kanae, comment c'était ?

Ma grande sœur est belle. Elle a de longs cheveux raides, elle est posée, intelligente, et prof au lycée. Elle a huit ans de plus que moi, mais je dois bien avouer qu'autrefois, j'avais un peu de mal à m'entendre avec elle. Si je devais expliquer pourquoi en un mot, je dirais que ma sœur, si splendide et si remarquable, me faisait complexer, tant je suis moi-même banale et nonchalante. Mais à présent, je l'aime. Quand elle est revenue sur l'île après l'université, j'étais arrivée sans m'en rendre compte à la respecter. Et dire qu'elle pourrait être mille fois plus canon si elle troquait son jogging rouge *has-been* pour des vêtements plus mignons ! Sauf que si elle devient trop belle, elle courra le risque de se faire davantage remarquer...

Tout en chargeant ma planche dans son coffre, je lui réponds :

— Vagues : un – Kanae : zéro, pour changer. Le vent n'a pas arrêté de souffler *offshore*.

— Bon, ne te mets pas trop la pression. Tu veux y retourner après les cours ?

— J'aimerais bien. Ça ne te dérange pas de revenir ?

— Non. Mais tu ne dois pas négliger tes devoirs.

— Entendu !

J'ai répondu de manière bien sage pour l'amadouer. Je me dirige vers ma mobylette garée dans un coin du parking. C'est ma sœur qui m'a légué cet engin.

Elle est réservée à mes trajets scolaires et a déjà des années-lumière de bornes au compteur. Sur cette île sans voies ferrées et où les bus sont rarissimes, les lycéens passent en général leur permis deux-roues dès leurs seize ans. Ces modestes montures se révèlent bien pratiques, et conduire sur l'île n'est pas désagréable. Seul bémol : on ne peut pas charrier une planche de surf là-dessus, alors quand je vais à la mer, ma sœur m'accompagne en voiture. Elle et moi partons ensemble au bahut. Moi, pour suivre mes cours, elle, pour donner les siens. En tournant la clé de contact, je consulte ma montre : sept heures quarante-cinq. C'est bon. Il est sûrement encore à son entraînement. Je démarre, m'engage derrière ma sœur sur la route et quitte la plage.

J'ai commencé le bodyboard sous l'influence de mon aînée, en première année de lycée. Dès le premier jour, je me suis retrouvée complètement envoûtée par le charme de ce sport de glisse. Ma sœur, qui faisait partie du club de surf à la fac, ne glissait pas pour être tendance – pour elle, il s'agissait d'une activité sportive à prendre très au sérieux (mes trois premiers mois n'ont consisté qu'en des exercices de base pour apprendre à aller au large. Toute la journée, c'était des « Allez on rame ! », « Canard[1] ! »), et pourtant, j'ai trouvé très belle cette action qui consistait à se diriger vers

---

1. Technique utilisée pour rejoindre le large, consistant à plonger sous une vague, à plat ventre sur la planche, en pesant de tout son poids sur celle-ci.

l'étendue colossale qu'est la mer. Puis, un jour d'été ensoleillé de ma deuxième année de lycée, à présent familiarisée avec le bodyboard, j'ai soudain eu envie de chevaucher une vague. Pour cela, il fallait monter soit sur un shortboard, soit sur un longboard. Comme je suis quelqu'un de très original pour qui « surf » rime avec « shortboard », je me suis convertie à la planche courte. Au début de mon apprentissage, surtout, j'ai réussi quelques fois à dompter une vague, par hasard. Mais depuis lors, allez savoir pourquoi, impossible de réitérer l'exploit. J'ai pensé à abandonner le shortboard, qui est assez coton en réalité, pour me remettre au bodyboard, mais je ne voulais pas revenir sur ma décision, alors je n'ai pas arrêté de tergiverser, tant et si bien que je suis passée en troisième année et qu'en un clin d'œil, nous voici déjà en été. Je n'arrive pas à monter sur les vagues avec un shortboard. Ça me préoccupe. Cependant, il y a une deuxième chose qui me préoccupe, et celle-ci, je vais m'y attaquer de ce pas.

Un *tchac !* me parvient, feutré et mêlé au gazouillement matinal des oiseaux. Sa flèche a transpercé une cible de papier fermement tendu. Il est huit heures quinze et je me tiens cachée dans l'ombre du bâtiment, aussi tendue que le papier. Je viens de passer la tête dans l'angle pour jeter un œil : comme d'habitude, il est seul dans le dojo de *kyûdô*[1].

---

1. Tir à l'arc traditionnel japonais.

Il s'entraîne chaque matin au tir à l'arc. Je dois avouer que c'est en partie à cause de lui que je sors de si bonne heure faire du surf. S'il se donne à deux cents pour cent dans sa discipline à la première heure de la journée, alors moi aussi, je veux m'investir à fond dans quelque chose. C'est tellement chouette de le voir bander son arc avec sérieux, comme il le fait. Enfin, comme j'ai trop honte pour m'approcher, je l'observe toujours à une centaine de mètres de distance – et à la dérobée, en plus...

Je tapote ma jupe et lisse le haut de mon uniforme pour être impeccable, puis je prends une profonde inspiration. C'est parti ! On y va et on est naturelle, na-tu-relle. Je m'avance en direction du dojo.

— Tiens, salut.

Comme chaque fois qu'il me voit approcher, il interrompt son entraînement pour me saluer. Oh là là, qu'est-ce qu'il est gentil ! Sans parler de sa voix, grave et posée...

Mon cœur bat la chamade, mais je marche lentement en feignant la décontraction. Genre : « Oui oui, je passais juste dans le coin. » Je lui réponds avec prudence, afin que ma voix ne me trahisse pas :

— Salut, Tôno. Tu t'es levé tôt, ce matin encore.

— Toi aussi apparemment, Sumida. Tu reviens de la mer ?

— Oui.

— Tu t'entraînes sérieusement, dis donc.

— Euh...

Argh, je ne m'attendais pas à ce qu'il me fasse un compliment. Ça craint, je dois être rouge jusqu'aux oreilles...

— Pas-pas tant que ça... Hé hé hé. Bon, ben, à plus tard !

Je file en panique loin d'ici, heureuse et honteuse à la fois.

— Ouais, à plus.

Sa douce voix résonne dans mon dos.

Problème numéro deux : j'éprouve pour ce garçon un amour à sens unique. À vrai dire, ça fait déjà cinq ans. Il s'appelle Takaki Tôno. Ah, j'oubliais : il ne nous reste que six mois à passer ensemble jusqu'à la fin du lycée.

Et puis, comme deux ne va jamais sans trois, voici dans la foulée le Problème Numéro Trois, incarné par la feuille posée sur mon bureau. Il est huit heures trente-cinq à présent et je suis assise dans ma salle de classe principale. J'écoute mon prof principal, M. Matsuno, d'une oreille distraite : « Vous avez compris ? La période des choix approche. Discutez bien avec votre famille avant de remplir cette fiche. » Et bla-bla-bla.

Sur cette fiche, on lit : « *Troisième enquête de vœux d'orientation* ». Or moi, je n'ai pas la moindre idée de ce que je dois écrire là-dessus.

Midi cinquante. Nous sommes en pause déjeuner dans la salle de classe. On nous passe un morceau de musique classique que j'ai déjà entendu quelque part. Je ne sais pas pourquoi, mais chaque fois que je l'entends, j'imagine des pingouins qui patinent sur la banquise. Ce morceau est peut-être lié dans ma tête à un souvenir X ou Y ? Je me creuse la cervelle pour me rappeler le titre, mais j'abandonne aussitôt pour ouvrir mon bento et manger l'omelette que ma mère m'a préparée. Elle est sucrée... un vrai délice. Mes papilles accueillent cette sensation de bonheur et celle-ci se répand peu à peu dans tout mon corps. Yukko, Saki et moi avons rapproché nos bureaux pour prendre notre déjeuner ensemble, mais depuis tout à l'heure, ces deux-là ne font que parler orientation.

— À ce qu'il paraît, Sasaki va tenter d'entrer dans une université de Tokyo.

— Sasaki, tu veux dire Kyôko ?

— Non non, Sasaki, de la classe un.

— Ah, celle du club littéraire. Ça m'étonne pas d'elle.

À l'évocation de la classe un, je me raidis un peu. C'est la classe de Tôno. Dans mon lycée, il y a trois classes par année : les numéros un et deux sont des classes générales, mais seule la première rassemble les élèves qui souhaitent poursuivre leurs études. La classe trois est celle du parcours commercial et la majeure partie de son effectif fera une école spécialisée ou s'insérera dans la vie professionnelle après le lycée – c'est aussi la classe avec le plus grand pourcentage d'élèves qui restera sur l'île. Moi, je suis dans cette classe trois. Je n'ai pas encore posé la question à Tôno, mais je pense qu'il va aller à l'université. J'ai comme qui dirait l'impression qu'il veut retourner à Tokyo. À peine ai-je pensé ça que d'un coup, l'omelette dans ma bouche devient fade.

— Et toi, Kanae ? me demande Yukko à brûle-pourpoint.

Je ne sais quoi répondre.

— Tu voulais chercher du travail, non ? insiste Saki.

— Hum…

Je laisse traîner ma réponse pour éluder. À vrai dire, je l'ignore moi-même.

Saki n'en revient pas.

— Ma parole, mais tu n'y as pas du tout réfléchi !

— Tu ne penses vraiment qu'à Tôno.

— Lui, il a une copine à Tokyo, c'est obligé.

— Dis pas ça !

J'ai haussé le ton sans le vouloir. Mes amies se fendent discrètement la poire. J'essaie de cacher mes sentiments, mais elles ont vu clair dans mon jeu.

Je me lève de ma chaise, boudeuse.

— Bon, j'en ai marre de vous deux. Je vais m'acheter un lait à la cantine.

J'ai voulu plaisanter, mais la « théorie de la copine tokyoïte de Takaki Tôno » m'affecte pas mal.

— Me dis pas que tu vas encore boire ça ?! C'est ton deuxième !

— Mais j'ai soif…

— Tout ça, c'est la faute du surf !

J'ignore leurs badineries et sors de la classe. Le couloir est la proie des courants d'air, mais je m'arrête pour jeter un œil aux cadres sur le mur. Ils renferment des photos de fusées à l'instant de leur décollage, prises alors qu'elles crachent de magnifiques nuages de fumée. *« Lancement de H-II F4, le 17 août 1996 à 10 h 53 »*, *« Lancement de HII-F6, le 28 novembre 1997 à 6 h 27 »*... Il paraît que chaque fois qu'un lancement est couronné de succès, les gens de la NASDA[1] viennent accrocher ces photos encadrées, comme ça, sans prévenir.

J'en ai vu plusieurs, des lancements. On peut les admirer nettement depuis n'importe quel point de l'île : les fusées s'élèvent vers l'infini en laissant une interminable traîne de fumée blanche. Il me semble que je n'en ai plus revu depuis quelques années. Est-ce que Tôno a déjà assisté à l'un d'eux, lui qui ne vit ici que depuis cinq ans ? J'aimerais bien en observer un avec lui, un jour. C'est un spectacle qui ne manque jamais d'impressionner la première fois, et j'ai le sentiment que si on pouvait vivre cette expérience ensemble, rien que tous les deux, ça réduirait la distance entre nous. Oui mais voilà, on quitte le lycée dans six mois – pas sûr qu'un lancement soit programmé avant cette échéance. Je ferais mieux de me demander si j'arriverai enfin à chevaucher une vague d'ici là. Un de ces quatre, j'aimerais que Tôno me voie surfer – mais

---

1. Sigle de l'Agence nationale de développement spatial du Japon.

surtout, faites qu'il regarde ailleurs ou ferme les yeux si par malheur je dérape : je veux qu'il me voie seulement à mon meilleur niveau. Plus que six mois… Bon, après tout, les chances que Tôno reste sur l'île après le lycée ne sont pas nulles. Si c'est le cas, j'aurai peut-être encore les miennes, de chances. C'est pour cette raison que j'ai décidé de chercher du travail directement après le lycée. Même si en fin de compte, je ne l'imagine pas trop rester ici… Au fond, il ne m'a pas l'air fait pour cette île. Aaaah, au secours !

Vous l'aurez compris, mes préoccupations et mes inquiétudes tournent sans cesse autour de Tôno. Pourtant, je sais que je ne passerai pas ma vie à m'inquiéter à son sujet.

C'est d'ailleurs pour cette raison que je me suis décidée à lui dévoiler mes sentiments si j'arrive à chevaucher une vague.

* * *

Dix-neuf heures dix. Jusqu'à il y a peu, l'atmosphère était emplie du chant des cigales *kumazemi*, mais celui-ci a cédé la place sans que je m'en rende compte à celui de leurs cousines, les *higurashi*. Dans quelque temps encore, ce sera au chant des sauterelles de prendre le relais. Je me trouve dans une zone mal éclairée, mais les derniers rayons du couchant font luire les nuages d'une lumière dorée. En fixant le ciel, immobile, je m'aperçois que ces derniers filent vers l'ouest. Quelques instants plus tôt, en mer, le vent soufflait encore en sens inverse, *onshore* – c'est le vent qui vient du large et donne aux vagues une forme peu commode à dompter. Et pourtant, si j'y allais maintenant, les vagues seraient peut-être plus faciles à chevaucher. De toute façon, je n'ai pas assez confiance en moi pour me mettre debout sur ma planche.

Alors je reste dans l'ombre du bâtiment, d'où je jette un œil en direction du parking à deux-roues du lycée. Presque plus aucun véhicule de garé, et aucun élève non plus près du portail de l'établissement. À cette heure-ci, tous les clubs ont fini leurs activités. Je suis moi-même allée surfer après les cours avant de revenir ici, et à présent j'attends, tapie dans l'ombre, que Tôno se montre au parking (quand j'y pense, n'empêche, je me fais moi-même flipper). Mais si ça se trouve, il est déjà rentré chez lui. J'aurais peut-être dû sortir plus vite de la mer, mais je décide quand même d'attendre encore un peu, pour voir.

Problème de surf, problème Tôno, problème d'orientation : voici les Trois Gros Dossiers Problématiques du moment, liste non exhaustive. Car je pourrais aussi évoquer par exemple ma peau, trop bronzée. Ma carnation de peau très foncée n'est pas héréditaire (enfin, je crois), or j'ai beau mettre des tonnes de crème solaire, je reste de loin la fille la plus bronzée de toute la classe. Ma sœur dit que c'est à cause du surf et que c'est normal, tandis que Yukko et Saki m'assurent que mon teint est très mignon, que c'est signe de bonne santé. Pourtant, je garde l'impression que c'est rédhibitoire, d'être plus bronzée que le garçon que j'aime. Tôno, lui, a un joli teint blanc...

Et puis je n'ai pas évoqué ma poitrine, encore beaucoup trop timide (allez savoir pourquoi, ma grande sœur a des seins énormes. Alors qu'on a le même ADN – c'est trop injuste), ni mes notes catastrophiques en maths, ni mon absence totale de sens de la mode, ni ma santé trop parfaite qui m'empêche ne serait-ce que de m'enrhumer (ça me fait perdre des points de « mignonnitude », j'ai l'impression), ni tout le reste, et j'en oublie, etc. Je ne devrais pas dire ça, mais des problèmes, je pourrais en revendre à la pelle.

Tout en songeant que faire le compte des éléments tragiques de mon existence ne me mènera nulle part, je jette un nouveau coup d'œil vers le parking. Au loin, j'aperçois quelqu'un qui marche. Cette silhouette est reconnaissable entre mille. Bingo ! J'ai eu raison d'attendre. Quand je vous dis que j'ai du flair... Bon, je prends aussitôt une profonde inspiration et je me dirige vers le garage, l'air de rien, na-tu-relle.

— Tiens, Sumida. Tu rentres chez toi ?

Décidément, comme sa voix est douce... Il passe sous les lumières du garage et je le distingue de mieux en mieux à mesure que je m'approche. Son corps mince et élancé, ses cheveux un peu longs qui masquent légèrement son regard, son allure toujours posée.

— C'est ça... Toi aussi ?

Ma voix a un peu tremblé, non ? Ahhh, j'en ai marre, pourquoi j'arrive pas à m'habituer à lui parler ?

— Exact. Du coup, tu veux qu'on rentre ensemble ?

Si j'avais une queue, comme un chien, elle se serait mise à remuer follement. Oui, heureusement que je ne suis pas un chien, car sinon, il pourrait lire tous mes sentiments comme dans un livre ouvert. Je reste un instant stupéfiée par ma propre réflexion, ensuite de quoi le fait de rentrer avec Tôno me rend sincèrement heureuse.

Nous parcourons une route étroite bordée des deux côtés par des champs de cannes à sucre. Tôno roule devant moi, me laissant savourer à loisir le bonheur de pouvoir fixer son dos. Le fond de ma poitrine est tout chaud et mon nez me pique légèrement, comme lorsque je bois la tasse en mer. Je réalise alors, sans trop savoir pourquoi, qu'il y a vraiment peu, du bonheur à la tristesse.

Dès le départ, Tôno m'a semblé posséder quelque chose d'un peu différent des autres garçons. Il a changé d'école au printemps de notre deuxième année de collège, quittant Tokyo pour notre île de Tanega-shima. Encore maintenant, je garde un souvenir très vif de ce à quoi il ressemblait cette année-là, lors de la rentrée des classes. Ce garçon inconnu, droit comme un *i* devant le tableau noir, ne paraissait pas le moins du monde intimidé ni même tendu : un sourire paisible éclairait son visage aux traits réguliers.

« Je m'appelle Takaki Tôno. J'ai quitté Tokyo pour emménager ici il y a trois jours à cause du travail de mes parents. J'ai l'habitude de changer d'école, mais je ne suis pas encore habitué à cette île. Merci par avance pour votre bienveillance. »

Sa voix était calme, ni rapide, ni lente, ni hésitante, et son accent de Tokyo ravissant au point de m'en donner des frissons. On aurait cru entendre un présentateur télé. Si je m'étais retrouvée à sa place – projetée d'une mégagrande ville à un patelin de mégacampagne (et de mégacampagne *sur une île isolée, loin de tout*), ou vice versa –, j'aurais eu à coup sûr les joues rouges comme une tomate et un visage blanc comme un linge. Sans compter que parler avec un accent différent des autres m'aurait fait perdre tous mes moyens. Comment se faisait-il que ce garçon, pourtant du même âge que moi, soit si décontracté et arrive à parler aussi distinctement, comme s'il n'y avait personne dans la pièce ? Quel genre de vie avait-il menée jusqu'à présent, quelles ressources pouvait-il bien receler dans son uniforme noir… ? Jamais, de toute ma vie, je n'avais désiré savoir quelque chose aussi fort – signe qu'à cet instant-là, j'étais déjà fatalement amoureuse de lui.

Ensuite, ma vie a changé. Ma ville, mon école, ma réalité : je me suis mise à tout voir à travers le prisme de ce garçon. Que ce soit pendant les cours, après les cours, ou même lorsque je promenais mon chien à la mer, je passais mon temps à chercher Takaki Tôno du regard. Il paraissait au premier abord cool et en même temps poseur, mais il s'est révélé franc, sympathique, et s'est fait de nombreux amis en un rien de temps. De plus, il ne possédait pas la moindre once de cette gaminerie qui fait que certains garçons refusent catégoriquement de se mêler aux filles – c'est d'ailleurs grâce à ça que j'ai réussi à lui parler à plusieurs reprises, pour peu que le timing fût propice.

Nous n'avons pas atterri dans la même classe au lycée, mais nous restions dans le même établissement, ce qui relevait du miracle. Même si les choix sont limités sur cette île, ses résultats lui permettaient de demander n'importe quel lycée, alors peut-être a-t-il simplement choisi le plus proche de chez lui. Mes sentiments n'ont pas faibli avec le temps ; ils demeurent intacts aujourd'hui, cinq ans plus tard – ils se sont même un peu renforcés au fil des années. Une partie de moi souhaitait évidemment devenir spéciale à ses yeux, mais en toute franchise, le simple fait d'éprouver de l'amour pour lui me suffisait amplement. J'étais incapable d'imaginer deux secondes ce qui pourrait se passer dès lors que nous nous mettrions à sortir ensemble. À l'école ou en ville, chaque fois que j'apercevais Tôno, je l'en aimais davantage, ce qui n'était pas sans me faire peur ni sans rendre mes journées difficiles, quoiqu'en même temps amusantes. Bref, je ne savais pas quoi faire et je me trouvais dans l'impasse.

Dix-neuf heures trente. Nous faisons des emplettes dans la supérette *Ai Shop* qui se trouve sur le chemin du retour. J'ai la possibilité de rentrer avec lui 0,7 fois par semaine – en clair, une fois par semaine quand j'ai de la chance, et environ une fois toutes les deux semaines quand j'ai la poisse. Un beau jour, nous avons fait un détour par cet *Ai Shop*, qui est alors devenu la règle. Contrairement aux supérettes classiques, celle-ci n'est pas ouverte vingt-quatre heures sur vingt-quatre et sept jours sur sept : elle ferme à vingt et une heures et vend des graines de fleurs ou des radis blancs pleins de terre cultivés par une dame du voisinage. Pourtant, on y trouve pas mal de choix en matière de gâteaux et autres friandises. Les gérants diffusent les tubes de J-pop du moment. Les néons du plafond éclairent la petite boutique d'une puissante lumière blanchâtre.

Tôno achète toujours la même chose : du café au lait dans une briquette en carton, qu'il choisit sans hésitation. Quant à moi, je tergiverse toujours. Mon problème est de savoir quel achat il trouvera mignon. Prendre le même café que lui donnerait l'impression que je le drague (même si en vérité, c'est le cas) ; prendre du lait de vache me ferait paraître un peu rustre ; prendre une brique jaune de jus de fruits au lait serait mignon, mais je n'aime pas trop le goût ; j'ai bien envie de goûter le lait au *kurozu*[1], mais ça ferait vraiment trop déluré...

Tandis que je traînasse de la sorte sans arriver à me décider, Tôno me lance :

— Sumida, je vais payer.

---

1. Littéralement « vinaigre noir », sorte de vinaigre de riz fermenté.

Il se dirige vers la caisse. Oh non ! Dire qu'il était à côté de moi... Je me précipite alors et choisis finalement, pour ne pas changer, une mini brique de lait. Combien en ai-je bu aujourd'hui, déjà ? Une à la cantine après la deuxième heure de cours, deux à la pause déjeuner, ça va donc faire la quatrième. Je me rends compte qu'environ un vingtième de mon corps se compose de lait de vache.

Je sors de la supérette et tourne à l'angle du magasin pour trouver Tôno, appuyé contre sa mobylette, en train de taper un message sur son portable – sans réfléchir, je me camoufle derrière la boîte aux lettres accrochée au mur. Le ciel est à présent d'un bleu sombre et seuls les nuages poussés par le vent reflètent encore faiblement la rougeur du soleil couchant. Sous peu, l'île sera plongée dans la nuit la plus totale. Les environs sont emplis du bruit que font les cannes à sucre en se balançant ainsi que du chant des insectes. Une odeur de dîner nous parvient depuis une maison, quelque part. L'obscurité m'empêche de voir son visage. Seul l'écran à cristaux liquides de son téléphone émet une nette lumière.

Je prends sur moi pour me composer un air joyeux et j'avance. Il m'a remarquée, alors il range très naturellement son portable dans sa poche avant de me demander avec douceur :

— Ah, tu es là. Qu'est-ce que tu as acheté ?

— J'ai mis du temps à me décider, mais finalement, j'ai pris une mini brique de lait. Ça fera ma quatrième aujourd'hui. J'abuse, je sais.

— Tu plaisantes ? Tu les aimes tant que ça ? Enfin, c'est vrai que tu choisis toujours celle-ci.

Tandis que nous parlons, je pense à mon téléphone portable, rangé dans mon sac de sport. Je songe une fois de plus à ce que j'ai déjà souhaité des milliers de fois : comme j'aimerais que ce soit à moi qu'il écrive ! Or, jamais je n'ai reçu de message de sa part. Ce qui fait que je ne peux pas non plus lui en écrire. Soudain, je fais le vœu de consacrer toute mon attention à la personne avec laquelle je sortirai un jour, quelle qu'elle soit. Je tâcherai de ne jamais regarder mon portable pendant tout le temps qu'on passera ensemble. Je m'efforcerai de devenir quelqu'un qui ne fait pas ressentir à son partenaire l'angoisse d'être trompé, fût-ce en pensée.

Sous le ciel nocturne où les étoiles commencent à briller, tandis que je bavarde avec le garçon dont je suis irrémédiablement amoureuse, voilà que je prends cette ferme décision, tout en sentant monter en moi, sans savoir pourquoi, une envie de pleurer.

2

Aujourd'hui, les vagues sont hautes et très nombreuses. Comme le vent, cependant, souffle légèrement *onshore*, beaucoup d'entre elles se brisent. Il est dix-sept heures quarante. Je suis venue ici après les cours et j'ai attaqué plusieurs dizaines de vagues, mais sans jamais parvenir à en chevaucher une seule. Bien sûr, n'importe qui arrive à se mettre facilement debout sur la « *soup* » – ce qui reste des vagues après qu'elles se sont brisées –, mais moi, je veux le faire à partir du pic et glisser sur l'épaule de la vague jusqu'à ce qu'elle se brise.

Je nage ventre sur la planche, désespérément, avec toute la force de mes bras, mais rien à faire : je finis par me retrouver happée par le spectacle que m'offrent la mer et le ciel. Je me demande pourquoi je vois le ciel aussi haut aujourd'hui, alors qu'il est chargé de gros nuages. La mer, qui reflète l'épaisseur des nuées, change quant à elle de couleur à chaque instant. Tandis que je nage, la hauteur de mon regard n'a qu'à varier de quelques centimètres pour que la surface de l'eau, toute en teintes complexes, montre soudain un visage radicalement différent. J'ai hâte de me mettre debout. J'ai envie de savoir quel visage nous offre la mer, vue d'une hauteur d'un mètre cinquante-quatre. Même le plus doué des peintres serait absolument incapable de représenter sur sa toile la mer telle que je la vois en ce moment. Une photo aussi échouerait, ainsi qu'une caméra, assurément. On nous a parlé aujourd'hui, en cours de médias, des écrans de télévision HD du XXIe siècle, composés d'environ mille neuf cents points lumineux sur la longueur, et mille sur la largeur : leur résolution est extrêmement élevée. Mais même pour eux, ce sera peine perdue. Rien ni personne n'est capable de restituer dans sa plus pure intégrité le paysage que j'ai sous les yeux, même avec près de deux millions de points lumineux. Le professeur qui nous a fait le cours, l'inventeur de la télé HD ou les producteurs de films… considèrent-ils vraiment que ce qu'ils voient sur leur écran est suffisamment beau comme ça ? D'ailleurs, moi qui me trouve au cœur de ce spectacle, je dois sans doute avoir l'air belle, vue de loin, tenté-je de me convaincre avec un fervent espoir. Comme j'aimerais que Tôno me regarde… À cette idée, de fil en aiguille, je me rappelle ce qu'il s'est passé aujourd'hui au lycée.

À la pause déjeuner, tandis que je mangeais comme d'habitude mon bento avec Yukko et Saki, une annonce diffusée au micro a retenti : « *Kanae Sumida, troisième année, classe trois : veuillez vous rendre chez le conseiller d'orientation.* » Je ne sais pas pourquoi on m'appelle, mais à ce moment-là, ce qui me préoccupe, c'est la honte que l'annonce ait peut-être été entendue par Tôno. Ainsi que par ma sœur.

La salle d'orientation est déserte, à l'exception de M. Itô, assis devant une feuille. C'est l'enquête de vœux d'orientation sur laquelle je n'ai inscrit, en désespoir de cause, que mon nom. Par la fenêtre ouverte nous parvient le chant des cigales, vigoureux et estival, même si la température de la pièce demeure fraîche. Les nuages se meuvent rapidement dans le ciel, voilant par intermittence le soleil. Il souffle un vent d'est. Les vagues doivent être nombreuses aujourd'hui, me dis-je en prenant place en face du prof.

Il fait exprès de pousser un soupir puis entame, visiblement agacé :

— Bon, alors... Tu es la seule de toute ta promo à ne pas nous avoir encore annoncé tes choix d'orientation.

— Je suis désolée... fais-je dans un murmure.

Ensuite, je ne trouve plus rien à dire. Le prof demeure lui aussi muet. Le silence se prolonge.

« *Rubriques 1 à 3 : entourez le choix qui correspond à votre cas.* »

Je fixe impuissante la demi-feuille au papier de mauvaise qualité recouverte de caractères pâles.

« *1 : Poursuite des études à l'université (A : cursus universitaire en quatre ans / B : cursus court en deux ans)*
2 : École spécialisée

3 : Recherche d'un emploi (A : région / B : type d'emploi) »

La rubrique « poursuite des études à l'université » comporte en sus les choix « université publique » et « privée », à la suite desquels se déroule une interminable liste de facultés : médecine, odontologie, pharmacie, sciences, ingénierie, agriculture, gestion halieutique, commerce, littérature, droit, économie, langues étrangères, sciences de l'éducation. *Idem* pour les sections « cursus universitaire court » et « école spécialisée » où l'on avait le choix entre : musique, arts, enseignement préscolaire, diététique, métiers de la mode, informatique, soins médicaux et infirmiers, cuisine, coiffure, tourisme, médias, fonctionnariat… Rien que de suivre des yeux les caractères sur la feuille me donne le tournis. Enfin, la rubrique « recherche d'emploi » précise, sous le choix « région » : « *île, département de Kagoshima, Kyûshû, Kansai, Kantô, autre.* »

Mes yeux font des allers-retours entre *« île »* et *« Kantô »*. Ce dernier mot me fait évidemment penser à Tokyo. Je n'y suis jamais allée et n'ai d'ailleurs jamais voulu m'y rendre. Pour moi, en cette année 1999, Tokyo évoque le quartier chaud de Shibuya avec ses gangs (!), les lycéennes qui vendraient, paraît-il, leurs petites culottes, les ruelles malfamées vingt-quatre heures sur vingt-quatre, les buildings démesurés à l'architecture complètement débridée, et avant tout celle du bâtiment de Fuji Television, avec son énorme boule argentée accrochée au sommet… Enfin, ce genre de choses. Aussitôt après me vient à l'esprit l'image de Tôno en uniforme, tenant la main à une lycéenne aux cheveux décolorés portant des chaussettes tombantes. Alors, la panique me prend et je calme aussitôt mon imagination. J'entends de nouveau le profond soupir de M. Itô.

— Bon, en tout cas, sache que ce n'est pas la peine de te tourmenter. Avec tes résultats, tu peux poursuivre en école spécialisée ou en cursus en deux ans, ou chercher un travail. Si tes parents sont d'accord, choisis une école spécialisée ou un cursus en deux ans, et s'ils ne veulent pas, tu pourras toujours chercher un emploi à Kagoshima. Est-ce que ça te va ? Mme Sumida, ma collègue, t'a dit quelque chose à ce sujet ?

— Non..., murmuré-je faiblement, avant de retomber dans le mutisme.

Un tumulte d'émotions m'envahit. Pourquoi il a fallu que ce type me fasse appeler au haut-parleur et qu'en plus, il se sente obligé d'évoquer ma sœur ? Pourquoi il se laisse pousser la barbichette ? Et pourquoi il porte des sandales ? Je prie de toutes mes forces pour que la pause déjeuner s'achève au plus vite.

— Enfin, Sumidaaa ! J'ai besoin d'une réponse, sinon je ne peux rien faire !

— D'accord... Je-je vous demande pardon.

— Parles-en avec ta sœur ce soir. Je lui en toucherai un mot moi-même.

Pourquoi est-ce que ce type est obligé de faire précisément tout ce que je déteste ? ruminé-je au fond de moi, perplexe.

Je nage vers le large quand une vague relativement grosse se forme devant moi. Le flot écumeux qui soulève des embruns s'approche tel un rouleau, mais juste avant de le percuter, j'appuie à fond sur ma planche pour plonger sous l'eau, effectuant un canard qui me fait passer sous la vague. Décidément, les vagues sont nombreuses, aujourd'hui. Je bats des jambes pour pousser plus loin derrière la lame.

Non, pas ici.

Je ne dois pas encore remonter. Je dois pousser plus loin, encore plus loin. J'agite les bras de manière acharnée. L'eau résiste de tout son poids. *Pas ici, pas ici...* Je me répète ces deux mots comme une incantation.

Et alors, je me rends soudain compte que ces mots se superposent parfaitement avec la silhouette de Tôno.

Il y a parfois de ces instants où, face aux vagues, je prends clairement conscience de certaines choses, comme sous l'effet d'un super pouvoir. L'angle de la supérette le soir après les cours, le parking à deux-roues désert, l'arrière du lycée de bon matin : dans chacun de ces endroits où Tôno tape des messages sur son portable, je l'entends qui me crie : « Ce n'est pas ici. Ce n'est pas ici que je veux être ! » Ça, je le sais bien, Tôno. Parce que moi aussi, je ressens la même chose. Tu n'es pas le seul à penser ça, Tôno. Tôno, Tôno, Tôno... Tandis que je répète son nom, une vague me soulève alors que je suis dans une posture improbable ; j'essaie néanmoins de me mettre debout mais à cet instant, elle se brise avec force, m'entraînant avec elle tête la première dans la mer. Je bois la tasse sans m'en apercevoir, remonte en panique à la surface et tousse violemment, cramponnée à ma planche. Mon nez coule et ma vue est brouillée de larmes, et si je ne pleure pas vraiment, c'est pourtant tout comme.

Dans la voiture qui me ramène au lycée, ma sœur n'a pas abordé le sujet de mon orientation.

Dix-neuf heures quarante-cinq. Je suis accroupie devant le rayon boissons de la supérette. Seule, aujourd'hui. J'ai attendu un peu devant le parking, mais Tôno ne s'est pas montré. Ce fut une belle journée entièrement placée sous le signe de la poisse. J'achète finalement une mini brique de lait, pour changer. Je m'appuie contre ma mobylette garée à côté de la supérette, bois d'une traite le contenu de la briquette, enfile mon casque puis enfourche mon véhicule.

Je roule sur un chemin détourné tout en admirant du coin de l'œil l'horizon à l'ouest, où subsiste une très faible clarté. À ma gauche, je peux observer la ville, que je domine entièrement – et je vois même, dans un coin de mon champ de vision, la ligne côtière par-delà un bois. À ma droite se trouvent de petites collines entourées par des champs. Notre île est relativement plate et cette zone offre une belle vue. C'est aussi l'itinéraire que prend Tôno pour rentrer. Qui sait, si je roule lentement, peut-être qu'il finira par me rattraper ? À moins qu'il ne soit déjà loin. Mon moteur se met à tousser, puis il s'éteint, un bref instant seulement, avant de repartir comme si de rien n'était. Cette mob est déjà une petite vieille. Je murmure une prière à son intention pour qu'elle ne me lâche pas et au même moment, j'aperçois devant moi une autre mobylette garée sur le bas-côté. C'est la sienne ! J'en ai l'étrange et intime conviction. Je me gare à proximité.

J'ai commencé à gravir la colline à moitié sans m'en rendre compte et je sens l'herbe d'été, douce sous mes pas. Ça craint ! Qu'est-ce que je suis en train de faire ? Allez, on reprend son sang-froid. La mobylette sur le bas-côté était bien celle de Tôno, mais bon sang, qu'est-ce que je fabrique, à me ruer vers lui comme ça ? Il vaut mieux ne pas aller à sa rencontre vu les circonstances, c'est évident ! Je suis en train de me tirer une balle dans le pied. Et pourtant, mes pieds continuent d'avancer, d'enjamber les hautes touffes d'herbe. Quand ma vue se dégage, je le vois. Assis au sommet de la colline, le ciel étoilé dans le dos, décidément en train de pianoter sur le clavier de son téléphone.

Comme pour faire chavirer mon cœur, une soudaine rafale se lève et secoue mes cheveux de même que mes vêtements ; les environs s'emplissent du bruissement de l'herbe. En réponse à ces sons, mon cœur s'affole dans ma poitrine. Alors, pour ne pas l'entendre, je gravis exprès le reste de la pente à grand bruit.

— Hé oh ! Tôno !

Il se tourne vers moi, légèrement surpris, et me répond d'une voix forte :

— Tiens, Sumida ? Comment tu as fait pour me trouver ?

— Hé hé hé... J'ai vu ta mobylette alors je suis venue ! Ça ne te dérange pas ?

Je me dirige vers lui à vive allure en essayant de me convaincre que non, ce n'est pas si grave de s'incruster, tu vois le mal partout.

— Du tout. Je comprends... Je suis content de te voir ici, vu qu'on s'est ratés au garage, aujourd'hui.

— Moi aussi !

Je m'efforce de lui répondre le plus énergiquement possible et me déleste de mon sac de sport avant de m'asseoir à ses côtés. Tu es content de me voir ? C'est vrai, ce mensonge, Tôno ? Je sens mon cœur se serrer. C'est toujours le cas quand je me trouve au même endroit que lui. L'espace d'une seconde, les mots « pas ici » défilent dans mon esprit. À l'ouest, l'horizon est totalement plongé dans les ténèbres.

Le vent souffle de plus en plus fort et fait scintiller les lumières éparses de la ville qui s'étend au loin sous nos yeux. Quelques-unes d'entre elles sont encore allumées au lycée, qui paraît minuscule vu d'ici. Une voiture roule sous le feu orange clignotant le long de la nationale. La gigantesque éolienne implantée au milieu des équipements de sport de la ville tourne très vite. Les nuages, nombreux, filent eux aussi à toute vitesse, et entre eux, on aperçoit la Voie lactée et le Triangle des nuits d'été : Véga, Altaïr, Deneb. Le vent s'engouffre dans mes oreilles en produisant un son aigu tandis que le hululement de l'herbe, des arbres et du plastique des serres qu'il secoue se confond avec le chant vigoureux des insectes. Les puissantes rafales me rassérènent peu à peu. Les environs sont saturés d'une entêtante odeur de verdure.

Tôno et moi restons assis côte à côte à contempler ce paysage. Les battements de mon cœur se sont calmés. Je suis simplement contente de pouvoir sentir son épaule proche de la mienne.

Je lui demande :

— Tu vas tenter les exams d'entrée à la fac ?

— Oui, je vise plusieurs universités de Tokyo.

— Tokyo... je vois. C'est bien ce que je me disais.

— Comment ça ?

— Je ne sais pas, tu avais l'air de vouloir partir loin.

En prononçant ces mots, je m'étonne de ne pas me sentir plus affectée par cette nouvelle. Moi qui croyais que j'allais sombrer dans le désespoir en apprenant de la bouche même de l'intéressé qu'il s'en irait pour la capitale... Après un court moment de silence, il dit d'une voix douce :

— D'accord... Et toi ?

— Euh, moi ? Moi, je ne sais même pas ce que je vais faire demain.

J'ai réussi à lui parler franchement. Il ne doit pas en croire ses oreilles. Il répond :

— Tu sais, je pense que tout le monde est pareil.
— Quoi ? Tu plaisantes ? Tu veux dire que toi aussi ?
— Bien sûr.
— Pourtant, tu as l'air de savoir exactement où tu vas !
— Ah mais non, reprend-il avec un rire silencieux. Il n'y a pas plus paumé que moi. Je me débrouille pour garder la tête hors de l'eau. Le reste du temps, je nage complètement.

Mon cœur bat à cent à l'heure. Ça me rend si heureuse que le garçon assis juste à côté de moi pense ce genre de choses, et qu'il me les dise, à moi seule.

— Ah bon... On ne dirait pas.

Je jette un œil dans sa direction. Il braque le regard droit vers les lumières, au loin. Tôno ressemble vraiment à un petit enfant désarmé face à la vie. Et bien que ce soit trop tard pour faire machine arrière, je me rends compte une fois de plus avec force que je l'aime...

Je comprends que la chose que j'ai de plus sûre et de plus précieuse dans ma vie, c'est ça. Le fait que je l'aime. Puisqu'il en est ainsi, je n'ai qu'à puiser des forces dans cet amour ; ce qu'il me dira me servira à avancer. Soudain, je me sens une envie irrépressible de remercier quelqu'un, quelque part, pour l'existence de ce garçon – je ne sais pas... ses parents, ou bien Dieu. Alors je sors de mon sac de sport ma feuille de vœux d'orientation et je commence à la plier. Le vent s'est calmé, le frémissement de l'herbe ainsi que le chant des insectes sont beaucoup plus faibles à présent.

— Tu fais un avion ?

— C'est ça !

Mon avion en papier est prêt : je le lance en direction de la ville. À ma grande surprise, il s'envole très loin en suivant une trajectoire rectiligne, et en chemin, une brusque rafale le propulse en altitude ; l'obscurité des hauteurs l'enveloppe, puis l'engloutit. Par moments, entre les couches de nuages enchevêtrés, on aperçoit distinctement la blancheur de la Voie lactée.

* * *

— Qu'est-ce que tu faisais dehors aussi tard ? Va vite prendre un bain ou tu vas attraper froid !

Ma sœur est comme qui dirait un poil énervée, alors je me dépêche d'aller m'immerger dans la baignoire remplie d'eau chaude. Sans raison particulière, je caresse mes bras. Leurs muscles sont tout durs. En plus, ils me paraissent… plus gros que la moyenne. Moi qui préfère les bras aussi mous et moelleux que des marshmallows. Mais à présent, me confronter de la sorte à l'un de mes complexes ne me pose plus problème. Car je ressens, et pas que physiquement, une agréable chaleur. J'ai l'impression que subsistent, au creux de mon oreille, la conversation de tout à l'heure sur la colline, la voix calme de Tôno, les mots qu'il m'a dits au moment de nous quitter. En me rappelant leur écho, un frisson de bien-être se propage dans tout mon corps. Je me rends compte d'un seul coup que je souris bêtement. Non mais tu as complètement perdu la boule, ma pauvre... Je prononce inconsciemment son nom, à voix basse. « Tôno. » L'écho suave de ce mot se répercute sur les murs de la salle de bains, avant de se dissoudre dans l'eau. Je repense alors avec délectation à quel point cette journée a été bien remplie.

Sur le chemin du retour après notre discussion sur la colline, lui et moi sommes tombés par hasard sur un convoi aux dimensions colossales, roulant à faible allure. La remorque, dont les roues seules faisaient déjà ma taille, tractait une caisse blanche aussi longue qu'une piscine, sur laquelle de fiers caractères annonçaient « NASDA/Agence nationale de développement spatial ». Le convoi se composait de deux camions précédés et suivis de plusieurs voitures, à côté desquels marchaient des personnes munies de bâtons rouges lumineux. C'était un transport de fusée. J'en avais seulement entendu parler et je le voyais réellement là pour la première fois, mais effectivement, c'était bel et bien une fusée qu'on transportait jusqu'ici depuis je ne sais quel port et qui serait charriée, lentement et prudemment, toute la nuit, jusqu'à la base de lancement située à l'extrémité sud de l'île.

— Il paraît qu'ils roulent à cinq kilomètres-heure, dis-je au sujet de la vitesse de ce genre de convoi.

J'avais glané l'information un jour, quelque part. Tôno a semblé bloquer un instant, avant de répondre un vague « Ah oui ». Ensuite, nous avons contemplé le transport de cette fusée. Un spectacle très rare s'offrait à nous, que je n'avais jamais imaginé pouvoir un jour admirer aux côtés de Tôno.

Un peu plus tard, la pluie s'est mise à tomber. Soudainement, à torrents, comme on renverse un seau d'eau, chose fréquente en cette saison. Nous avons repris précipitamment le chemin de la maison. Mon phare avant éclairait le dos de Tôno, complètement trempé par la pluie ; ce dos, je le sentais à présent un tantinet plus proche de moi. Ma maison se trouvant plus près du lycée que la sienne, nous nous sommes séparés comme à l'accoutumée devant la porte de chez moi.

Avant de repartir, il a relevé la visière de son casque et m'a appelée :

— Sumida.

La pluie tombait de plus en plus intensément. La faible lumière jaune émise par ma maison éclairait à peine son corps trempé. Les lignes de son torse, visibles à travers la chemise qui lui collait à la peau, ne me laissaient pas indifférente. Mon cœur accélérait sa course à l'idée que mon corps à moi fût peut-être aussi exposé que le sien.

— Je suis désolé pour aujourd'hui, à cause de moi, tu es toute trempée.

— Mais non, mais non, mais non ! Ce n'est pas de ta faute, c'est moi qui t'ai rejoint, personne ne m'y a obligée.

— En tout cas, je suis content qu'on ait pu discuter. Allez, à demain. N'attrape pas froid. Bonne nuit.

— Oui. Bonne nuit, Tôno.

Bonne nuit, Tôno, murmuré-je, seule dans mon bain.

Après ma toilette, place au dîner : ragoût, poisson frit et tranches de sériole crue. C'est tellement bon que je demande à ma mère un troisième bol de riz.

— Tu as vraiment bon appétit, dis-moi ! remarque-t-elle en me tendant le bol.

— Je ne connais pas d'autre lycéenne qui dévore trois bols de riz ! renchérit ma grande sœur, stupéfaite.

— Ben oui, mais c'est que j'ai faim, moi... Au fait, grande sœur, entamé-je en enfournant un morceau de poisson frit.

La friture est parfaitement assaisonnée. Je mâche bien. Qu'est-ce que c'est bon...

— Je crois que M. Itô est venu te parler aujourd'hui, non ?

— Ah, oui, c'est vrai.

— Je suis désolée...

— Ce n'est pas la peine de t'excuser. Tu n'as qu'à prendre ton temps pour cette décision.

— Qu'est-ce qui se passe, Kanae ? Tu as fait une bêtise ? demande ma mère tout en resservant du thé à ma sœur.

— Non, c'est trois fois rien. Ce prof a un peu tendance à stresser sans raison, répond mon aînée comme si ça n'avait aucune espèce d'importance.

À nouveau, je réalise à quel point j'ai de la chance d'avoir une sœur comme elle.

Cette nuit, j'ai fait un rêve.

J'ai rêvé du jour où on a trouvé notre Kabu. Kabu, ce n'est pas le petit nom de ma mobylette, mais celui de notre chien, un shiba inu. Nous l'avons recueilli sur la plage, pendant ma dernière année de primaire. À l'époque, j'étais jalouse de ma sœur pour sa mobylette, alors on a baptisé le toutou Kabu[1].

Dans mon rêve, cependant, je ne suis pas la fillette de l'époque, mais la fille de dix-sept ans de maintenant. Je soulève Kabu, encore un chiot, et marche avec lui sur la grève, sous une lumière aussi forte qu'étrange. Je lève les yeux au ciel. J'y vois non pas le soleil, mais un ciel rempli, saturé d'étoiles éblouissantes. Rouge, vert, jaune – les astres scintillent de mille nuances et la Voie lactée, telle une gigantesque colonne de lumière, traverse la voûte céleste de part en part. Je me demande si ce lieu a jamais vraiment existé. Soudain, j'aperçois quelqu'un qui marche au loin. Cette silhouette, j'ai l'impression de bien la connaître.

---

1. Transcription en japonais du mot *cub* en anglais, abréviation d'une marque de scooters connue.

Sans m'en rendre compte, je suis redevenue enfant et je songe que cette personne, dans le lointain, deviendra un jour pour moi un être cher.

Sans m'en rendre compte, j'ai à présent l'âge de ma grande sœur et je songe que cette personne, dans le lointain, a autrefois été pour moi un être cher.

À mon réveil, je n'ai aucun souvenir de ce rêve.

3

— Grande sœur, à quel âge tu as eu ton permis voiture ?
— J'étais en deuxième année à la fac, donc je devais avoir dix-neuf ans. J'habitais à Fukuoka.

Ça a beau être ma sœur, lorsqu'elle est au volant, je lui trouve malgré tout un côté fort séduisant. Ses doigts fins qui accompagnent les mouvements du volant, ses longs cheveux noirs qui reflètent le soleil matinal, ses brefs coups d'œil au rétroviseur, la façon habile qu'elle a de changer de vitesse. Les vitres sont entièrement baissées et le vent qui s'engouffre dans l'habitacle charrie jusqu'à moi l'odeur de ses cheveux. On utilise le même shampooing, et pourtant, j'ai l'impression que les siens sentent meilleur que les miens. Sans raison, je me surprends à étirer le bas de la jupe de mon uniforme.

En regardant son profil depuis le siège passager (qu'est-ce qu'elle a de longs cils… !), je lui dis :

— Au fait, je me demandais… Il y a quelques années, tu avais amené un garçon à la maison, je crois. Il ne s'appelait pas Kibayashi ?

— Ah oui, Kobayashi.
— Voilà. Qu'est-ce qu'il est devenu ? Vous sortiez ensemble, non ?
— Mais pourquoi ces questions, tout à coup ? répond-elle, un peu surprise. On a rompu il y a longtemps, maintenant.
— Tu avais l'intention de l'épouser, ce Kobayashi ?
— À une époque, oui. Mais l'idée a fini par me passer.

Sa réponse, donnée avec le sourire, semble empreinte de nostalgie.

— D'accord...

Je voudrais savoir ce qui l'a fait changer d'avis, mais je ravale cette question pour lui demander à la place :

— Tu étais triste ?
— Tu sais, lui et moi, ça a quand même duré quelques années. On a même emménagé ensemble.

Lorsqu'elle tourne à gauche pour s'engager sur le sentier étroit qui mène à la mer, le soleil pénètre de face dans l'habitacle. Pas un nuage, le ciel est d'un bleu parfait. Ma sœur plisse les yeux et abaisse le pare-soleil. Ce geste aussi me semble séduisant.

— En y repensant, je me rends compte que ni lui ni moi ne souhaitions tant que ça nous marier. Du coup, même si on était en couple, les sentiments qu'on éprouvait ne nous menaient nulle part. Ou du moins pas au même endroit.

— Je vois, fais-je en hochant la tête alors que je n'ai rien compris du tout.

— L'endroit où tu souhaites aller et celui où l'autre souhaite aller ne correspondent pas toujours. Mais à cette époque, je crois qu'on cherchait à tout prix à les faire correspondre quand même.
— O. K. ...
« L'endroit où l'on veut aller »... me répété-je en mon for intérieur. En jetant machinalement un œil sur le bord du chemin, je vois une profusion de lys à longues fleurs et de soucis sauvages, fièrement épanouis. Ils sont d'un blanc et d'un jaune éclatants, comme la combinaison de surf que je porte. Comme ils sont beaux... N'empêche, les fleurs aussi peuvent en imposer.
— Pourquoi toutes ces questions, tout à coup ? répète ma sœur en tournant le regard vers moi.
— Hum... il n'y a pas vraiment de raison, ne fais pas attention.
Je marque une pause, puis j'ose enfin lui poser la question qui me brûle les lèvres depuis longtemps :
— Dis-moi, est-ce que tu es sortie avec quelqu'un, au lycée ?
Elle éclate de rire de bon cœur.
— Non, je n'ai eu personne. Tout comme toi, Kanae. Tu es exactement comme moi quand j'étais au lycée.

Deux semaines se sont écoulées depuis le jour où Tôno et moi sommes rentrés ensemble sous la pluie. Dans l'intervalle, l'île a connu un typhon. Le vent qui fait remuer les cannes à sucre est légèrement plus frais depuis, le ciel un tantinet plus dégagé, les nuages ont des contours plus doux et plusieurs personnes de ma classe qui roulent comme moi en mobylette ont enfilé des blousons. Je n'ai pas eu la chance de rentrer une seule fois avec Tôno durant ces deux semaines et pour ne pas changer, je n'ai pas réussi à chevaucher la moindre vague. Mais il n'y a pas que des ombres au tableau : récemment, j'ai pu surfer davantage et les sessions se sont révélées bien plus amusantes.

Je cire ma planche avec un morceau de wax pour la rendre antidérapante, tandis que ma sœur lit un bouquin sur le siège conducteur.

— Dis-moi, grande sœur...

Comme toujours, la voiture est garée sur le parking à côté de la plage et je suis en train d'enfiler ma combinaison. Six heures trente : je peux passer une heure dans l'eau avant d'aller au lycée.

— Moui ?

— C'est à propos de mon orientation.

— Je t'écoute.

Je suis assise dans le coffre du monospace, les jambes dehors. Je dois me retourner pour lui parler. Très loin, au large, on aperçoit un imposant navire gris semblable à un bateau de guerre. C'est un bâtiment de la NASDA qui a jeté l'ancre.

— Le temps passe, et je ne sais toujours pas quoi faire de ma vie. Mais en fait, je vais te dire une chose : peu importe. Quoi qu'il en soit, j'ai pris une décision.

Ma planche est cirée ; je mets de côté le bloc de wax, semblable à un pain de savon, puis sans attendre la réaction de ma sœur, je poursuis :

— Je vais prendre les choses comme elles arrivent, une par une. À plus !

Je cale ma planche sous mon bras et fonce vers la mer, l'esprit soulagé. Je me rappelle les mots de Tôno, ce jour-là : « Je me débrouille pour garder la tête hors de l'eau. » Oui, garder la tête hors de l'eau, c'est la seule chose à faire, et ça suffit amplement. À présent, j'en suis convaincue.

Le ciel et la mer sont d'un bleu identique, si bien que j'ai le sentiment de flotter dans une grande étendue vide et uniforme. J'alterne les phases de nage et de canard pour me rendre plus au large, et au fur et à mesure, la frontière entre mon esprit et mon corps ainsi que celle entre mon corps et la mer se brouillent. Tout en progressant vers le large, j'évalue presque sans y penser la forme et la distance des vagues ; celles que je juge impossibles à monter, je les traverse en poussant ma planche sous l'eau de tout mon poids. Si je trouve une vague praticable, je me tourne et attends qu'elle arrive. Finalement, je sens une poussée sous ma planche. Mon cœur tressaille à l'idée de ce qui se prépare. La planche commence à glisser dans le sens des vagues, je lève mon buste, positionne solidement mes jambes et rehausse mon centre de gravité. Je tente de me mettre debout. Mon champ de vision s'élève d'un coup et l'espace d'un instant, court instant, j'entrevois le secret scintillement du monde.

L'instant d'après, la vague, naturellement, m'avale.

Mais je sais déjà que ce monde immense n'est pas en train de me rejeter. Vu de loin – par exemple, par ma sœur sur la plage – je me fonds dans la mer scintillante. C'est pourquoi je recommence à nager vers le large. Et ce, encore et encore. Au bout d'un moment, je ne pense plus à rien.

Et alors, ce matin, j'ai tenu debout sur une vague. De manière soudaine, incroyable, et parfaitement impeccable.

Je songe que si mes dix-sept petites années d'existence méritent le nom de « vie », alors toute celle-ci n'a servi qu'à préparer cet instant.

* * *

Je connais ce morceau. C'est une sérénade de Mozart. En première année de collège, j'avais participé au concert de mon école en tant que chargée du mélodica. Le mélodica, c'est un instrument en forme de petit clavier relié à un tuyau dans lequel on souffle ; la sensation de produire du son avec mon propre souffle m'a beaucoup plu. À cette époque-là, Tôno ne faisait pas encore partie de mon monde. Je ne surfais pas non plus – mon univers était vraiment très simple, en fait…

En japonais, le mot « sérénade » se dit « *sayokyoku* » et s'écrit avec des caractères signifiant « musique pour une petite nuit ». Qu'est-ce que ça peut bien être, une *petite nuit* ? Je l'ignore, mais j'ai néanmoins le sentiment que les moments où je rentre avec Tôno correspondent à des « petites nuits ». C'est comme si le morceau que j'entends était joué pour nous. Et voilà que je m'excite encore toute seule... Ah, Tôno. S'il y a bien un jour où il faut qu'on rentre ensemble, c'est aujourd'hui. Je voulais aller à la mer, mais je vais peut-être rester ici pour l'attendre. Je termine à la sixième heure de cours, mais comme les examens approchent, les activités des clubs devraient finir tôt.

— ... nae.

On m'appelle ?

— Kanae, oh, je te parle ! s'exclame Saki.

Midi cinquante-cinq. En pleine pause déjeuner, les haut-parleurs de la salle diffusent du classique à faible volume, et Saki, Yukko et moi mangeons nos bentos ensemble comme à notre habitude.

— Ah, désolée. Tu disais quelque chose ?

Saki me fait remarquer :

— Tu as tout à fait le droit d'être dans la lune, hein, mais au moins, avale ta bouchée avant de bloquer totalement.

— Avant de bloquer totalement *un grand sourire aux lèvres*, ajoute Yukko.

Au secours ! Je mastique en vitesse ma bouchée d'œuf frit. *Gnom gnom.* C'est bon. *Gloups.*

— Oh là là, pardon ! Bon sinon, de quoi vous parliez ?
— De Sasaki : un mec lui a encore fait une déclaration.
— Ouah. Faut dire qu'elle est canon, cette fille.

Je prends une bouchée de roulés d'asperges au bacon. Il n'y a pas à dire, les bentos de ma mère sont délicieux.

— Mais dis-nous plutôt, Kanae, tu as l'air toute contente depuis ce matin, remarque Saki.
— C'est clair. Tu as une drôle de tronche qui me fait un peu peur. Si Tôno te voyait, il prendrait ses jambes à son cou, ajoute Yukko.

Aujourd'hui, leurs plaisanteries me coulent dessus. J'élude par un bref : « Ah bon ? » désintéressé.

— Elle a clairement un pète au casque, notre Kanae.
— Hum... Il s'est passé quelque chose avec Tôno ?

Afin de m'en tirer à bon compte, je lâche un petit rire qui en dit long. Pour être précise, disons qu'il *va* se passer quelque chose avec Tôno.

— Non ! Je te crois pas ! s'exclament mes deux amies de concert.

Mais qu'est-ce qui les surprend à ce point... ?

C'est vrai, quoi : je ne veux pas passer ma vie à nourrir un amour à sens unique. Aujourd'hui, jour où j'ai réussi à surfer sur une vague, je vais enfin avouer mes sentiments à Tôno.

En effet, si je ne lui fais pas ma déclaration aujourd'hui même, alors que j'ai réussi à dompter une vague, je peux être sûre et certaine que je ne le ferai jamais.

Seize heures quarante. Je suis dans les toilettes des filles, face au miroir. Depuis la fin de la sixième heure de cours à quinze heures trente, j'ai renoncé à aller à la mer et passé tout mon temps à la bibliothèque. Évidemment, je me suis révélée incapable d'étudier, alors j'ai tué le temps en regardant par la fenêtre, le menton dans ma paume. Il n'y a pas un bruit dans les toilettes. En voyant mon reflet dans la glace, je suis surprise de constater à quel point mes cheveux ont poussé. Derrière, ils m'arrivent jusqu'aux épaules. Je les gardais bien plus longs au collège, mais je les ai coupés très court en entrant au lycée, vu que je me suis mise au surf à ce moment-là. Une autre raison, sans doute, était la présence de ma sœur en tant que prof dans ce lycée. J'aurais eu honte d'être comparée à mon aînée, cette femme ravissante aux cheveux longs. Mais à présent, qui sait, peut-être que je n'y toucherai plus, on verra.

Dans le miroir, je scrute mon visage bronzé, aux joues bien empourprées. De quoi puis-je bien avoir l'air aux yeux de Tôno ? La grosseur de mes yeux, la forme de mes sourcils, la taille de mon nez, le brillant de mes lèvres, la taille que je fais, la texture de mes cheveux ou la grosseur de ma poitrine... Je fais fi de cette légère sensation de désespoir trop familière pour passer en revue chaque partie de mon corps. Même l'alignement de mes dents, la forme de mes ongles. Après tout, peu importe. Je souhaite juste que quelque chose en moi lui plaise.

Dix-sept heures trente. Je me tiens comme toujours derrière le bâtiment, à quelque distance du garage des deux-roues. Le soleil est déjà bas dans le ciel et le long pan d'ombre que projette le mur divise nettement le sol entre obscurité et lumière. Je me trouve à la limite entre les deux zones, tout juste dans l'ombre. Je lève les yeux au ciel : celui-ci est encore lumineux et bleu, mais d'un bleu peut-être un rien délavé par rapport à cet après-midi. Dans les arbres, les cigales *kumazemi* qui chantaient encore l'instant d'avant se sont tues. C'est maintenant le bruit des légions d'insectes vivant dans les touffes d'herbes qui enfle alentour. Il y a également le son de mes battements de cœur qui ne cesse de résonner à mes oreilles, si fort qu'il en couvrirait presque le chant des insectes. Je perçois sans peine la course du sang dans mes veines, à travers mon corps. Je prends de profondes inspirations pour me calmer, un tant soit peu, mais la tension est telle que j'oublie par moments d'expirer. Quand je m'en rends compte, j'expulse tout l'air que j'ai dans les poumons et ma respiration, encore plus irrégulière, ne fait qu'accélérer mon pouls. *Il faut que j'arrive à le lui dire aujourd'hui, il faut que j'arrive à le lui dire aujourd'hui…* Depuis ma cachette, je lance maints et maints coups d'œil vers le garage, presque inconsciemment.

Du coup, même quand j'entends Tôno m'appeler par mon nom, la joie est supplantée par la gêne et le stress. Je manque de pousser un cri de surprise, mais je me retiens *in extremis*.

— Tu rentres maintenant ? me demande-t-il.

Il m'a remarquée quand je lui jetais un coup d'œil. À présent, il s'approche depuis le garage, de sa démarche calme et habituelle. Je quitte ma planque avec le sentiment d'avoir été prise la main dans le sac, m'avance à mon tour vers lui et réponds :

— Oui.

— D'accord. Dans ce cas, on fait le chemin ensemble, me propose-t-il de sa voix douce.

Dix-huit heures. Nous sommes debout côte à côte devant le rayon boissons de la supérette, éclairés par les rais de soleil horizontaux qui entrent par la fenêtre côté ouest. D'habitude, nous venons ici après la tombée du jour, si bien que j'ai la sensation vaguement inquiétante de me trouver dans une autre boutique. La joue gauche chauffée par les rayons du couchant, je me fais la réflexion que ce coup-ci, ce moment passé ensemble n'est pas une « sérénade », vu qu'il fait encore jour, dehors. Cette fois, je sais ce que je vais acheter à boire : le même café au lait que Tôno. Je prends la briquette sans hésitation aucune, ce qui me vaut une réflexion étonnée de mon ami :

— Tiens, tu as déjà choisi ?

J'acquiesce sans le regarder. *Je dois lui dire que je l'aime. Avant qu'on arrive à la maison.* Mon cœur ne cesse de bondir dans ma poitrine. Je prie pour que le morceau pop qui passe dans le magasin couvre le vacarme de ses battements.

Dehors, le soleil couchant divise là encore le monde en parts d'ombre et de lumière. Le seuil de la supérette se trouve dans la lumière. Le petit parking à l'angle où sont garées nos mobylettes, dans l'ombre. Tôno me précède et je le regarde pénétrer dans l'obscurité, sa boisson à la main. J'observe son dos, plus large que le mien, sous sa chemise blanche. Le seul fait de le voir me pince le cœur. Je me languis tellement, tellement de lui. Il marche à une quarantaine de centimètres de moi, mais cette distance augmente soudain de cinq centimètres. Brusquement, une violente tristesse monte en moi. *Attends.* Je tends aussitôt la main et agrippe le bas de sa chemise. *Trop tard, je l'ai fait. Mais, maintenant, je vais lui dire que je l'aime.*

Il se fige. Un instant s'écoule, puis il se tourne lentement vers moi. J'ai l'impression de l'entendre répéter « ce n'est pas ici » et un frisson me parcourt.

— Qu'est-ce qui t'arrive ?

Un nouveau frisson me traverse, cette fois au plus profond de moi. Sa voix, sa voix si calme, si douce, si froide. Je fixe inconsciemment son visage. Son visage dénué du plus faible sourire. Son regard posé, et néanmoins rempli d'une volonté d'acier.

Finalement, je n'ai pas réussi à lui confesser quoi que ce soit.

J'ai ressenti de sa part comme un puissant rejet, comme s'il me faisait comprendre que je ne devais rien dire.

* * *

Les cricris des cigales *higurashi* se répercutent dans l'atmosphère de l'île. Les pépiements, faibles et aigus, des oiseaux qui se préparent à passer la nuit, nous parviennent également d'un bois assez loin d'ici. Le soleil n'a pas tout à fait sombré derrière l'horizon, et sa lumière nous teinte de diverses nuances de mauve tandis que nous reprenons le chemin du retour.

Tôno et moi marchons sur une route étroite bordée des deux côtés par des champs de cannes à sucre et de patates douces. Je n'ai pas prononcé un mot depuis tout à l'heure. On entend seulement le bruit dur de nos semelles qui martèlent le sol. Nous nous tenons à environ un pas et demi d'écart et je fais mon possible pour maintenir cette distance. Il fait de longs pas. Peut-être est-il en colère ? Je lui jette un rapide coup d'œil, mais son expression est tout ce qu'il y a de plus ordinaire alors qu'il regarde, je crois, le ciel. Je baisse la tête et fixe l'ombre portée de mes pieds sur le goudron. Je repense à la mobylette que j'ai laissée à la supérette. Je ne l'ai pourtant pas abandonnée, mais j'éprouve une sensation proche du remords, comme si j'avais commis un acte cruel.

Plus tôt, après que j'ai ravalé ma déclaration de justesse, ma vieille mobylette a refusé de démarrer, comme si elle voulait faire écho à mon ressenti. J'avais beau essayer avec le starter, la pédale, mes tentatives demeuraient vaines. En me voyant paniquer toujours à cheval dessus, Tôno a semblé confus et est venu m'aider : sa prévenance m'a fait penser que le visage froid qu'il arborait un instant plus tôt n'était rien d'autre que le fruit de mon imagination.

Il a bricolé un instant l'engin avant de dire :

— Ça ne serait pas les bougies qui ont rendu l'âme ? On te l'a donnée, cette mobylette ?

— Oui, c'était celle de ma grande sœur.

— Elle n'a jamais calé quand tu accélérais ?

— Peut-être, si...

En y repensant, c'est vrai qu'elle avait fait des caprices pour démarrer, l'autre fois.

— Tu n'as qu'à la laisser ici pour aujourd'hui, quelqu'un chez toi viendra la chercher. On rentre à pied.

— Quoi ! Non, non, non, je vais marcher seule ! Ne m'attends pas, pars devant ! ai-je protesté en panique.

Je ne voulais surtout pas être un boulet pour lui. Malgré ça, il a insisté, toujours avec gentillesse :

— Tu parles : d'ici, on n'est plus très loin. Et puis j'ai bien envie de marcher un peu.

Je ne comprenais plus rien. J'ai senti les larmes monter en moi. Je regardais nos briquettes de lait, côte à côte sur le banc. Un instant, je me suis demandé si le rejet que j'avais perçu de sa part n'était pas, en réalité, qu'une méprise de la mienne. Sauf que...

Ça n'en est pas une.

Pourquoi est-ce qu'on marche sans prononcer un mot, depuis tout à l'heure ? C'est pourtant toujours lui qui me propose de rentrer ensemble. Pourquoi ne dis-tu rien ? Pourquoi es-tu toujours aussi attentionné ? Pourquoi es-tu apparu devant moi ? Pourquoi suis-je à ce point amoureuse de toi ? Pourquoi ? *Pourquoi ?*

La vue du goudron qui scintille sous le soleil couchant, de mes pieds qui font un effort surhumain pour avancer, se brouille de plus en plus. *S'il te plaît... je t'en prie, Tôno.* Je n'en peux plus. Je n'y arrive plus. Les larmes se forment au coin de mes yeux, débordent et ruissellent. J'ai beau les essuyer encore et encore, elles continuent d'affluer. Je dois arrêter de pleurer avant qu'il s'en rende compte. Je concentre toute ma volonté à réprimer mes sanglots. Mais il va s'en rendre compte, c'est obligé. Et il m'offrira des paroles pleines de gentillesse. Tiens, qu'est-ce que je disais...

— Sumida ! Qu'est-ce qui se passe ?!

Pardon. Ce n'est vraiment pas de ta faute. J'essaie de former une phrase à travers mes pleurs :

— Désolée... ce n'est rien. Désolée...

Je m'arrête, baisse la tête et continue de pleurer. Impossible de m'arrêter. Je l'entends qui murmure mon nom d'une voix triste. C'est la première fois que je perçois autant d'émotion dans sa voix, mais la tristesse qui l'imprègne ne fait qu'attiser en moi ce même sentiment. Les stridulations des *higurashi* se font encore plus fortes que précédemment. Mon cœur pousse un cri. Tôno. Tôno. Je t'en prie, s'il te plaît, ça suffit...

Cesse d'être si gentil avec moi.

À cet instant, telle la marée qui se retire, les sauterelles se sont tues. L'île entière semble prise sous un voile de silence.

L'instant suivant, un bruit assourdissant emplit l'air. Je lève la tête, stupéfaite, et devant mes yeux brouillés de larmes, je vois une boule de feu s'élever d'une colline, au loin.
C'est une fusée qui décolle. Une lumière aveuglante sort de ses tuyères, son ascension a commencé. L'engin fait vibrer l'air sur toute la surface de l'île et émet des flammes qui font briller les nuages du soir plus fort encore que le soleil tandis qu'il s'élève à la verticale. Une colonne de fumée est embouchée à cette lumière et s'élève elle aussi, encore et toujours plus haut. Cette tour de fumée colossale cache le soleil et divise le ciel en deux grandes parts d'ombre et de lumière. Sous la fusée, la lumière et la colonne grandissent et grandissent toujours plus. Elles font vibrer chaque particule de l'atmosphère jusqu'aux plus hautes strates du firmament, et l'écho de ce bruit plane longuement sur toutes les fréquences perceptibles par nos oreilles, comme si le ciel, déchiré en deux, poussait un cri de détresse.

Il a fallu, je crois, plusieurs dizaines de secondes pour voir disparaître la fumée entre les nuages.

Tôno et moi sommes restés totalement cois jusqu'à ce que la gigantesque colonne grise soit dissipée par le vent. Nous demeurons figés, à fixer le ciel. Finalement, le chant des oiseaux, des insectes, ainsi que le bruit du vent se font réentendre tout doucement. Je constate alors que le soleil a plongé derrière l'horizon. Le bleu du ciel devient par degrés de plus en plus foncé, les étoiles s'allument une à une et la température diminue légèrement. C'est à ce moment que je prends clairement conscience d'une chose.

Je réalise que, même si nous regardons le même ciel, nous voyons en fait des choses différentes. Je réalise que Tôno, en fait, ne me voit pas.

C'est un garçon d'une grande bonté. Pourtant, ce garçon d'une grande bonté qui marche à mes côtés regarde quelque chose qui se trouve par-delà moi, bien plus loin que moi. Je suis incapable de lui apporter ce qu'il souhaite. Comme si j'étais soudain investie d'un super pouvoir de clairvoyance, à présent, je comprends parfaitement. Nous ne pourrons pas être ensemble pour toujours.

* * *

Sur le chemin du retour, une lune d'une rondeur impeccable trône au milieu du ciel ; de sa lumière livide, elle éclaire comme en plein jour les nuages portés par le vent. Nos deux ombres noires glissent sur l'asphalte. Je lève la tête et vois des fils électriques traverser la pleine lune pile en son milieu, étrange métaphore de la journée que je viens de vivre : le moi d'avant la chevauchée de la vague et le moi d'après ce succès. Le moi avant de connaître les sentiments de Tôno, et le moi d'après. Entre hier et demain, mon monde ne sera plus jamais le même. À compter de demain, je vivrai dans un univers différent de celui qui fut le mien jusqu'à présent. Et pourtant…

Et pourtant, me dis-je enroulée dans mes draps, lumières éteintes. Je fixe, dans les ténèbres, le clair de lune qui pénètre dans la chambre telle une flaque d'eau. Mes larmes, qui recommencent à affluer, brouillent cette clarté. Elles continuent de monter, et alors je craque, et je pleure à haute voix. Larmes et morve ne cessent de couler à flots, puis, n'arrivant plus à me contenir, je pousse des braillements.

Et pourtant…

Et pourtant, demain, comme après-demain, comme les jours suivants, j'aimerai Tôno. Je l'aimerai, sans pouvoir rien y faire. Tôno, Tôno, je t'aime.

C'est l'esprit obnubilé par Tôno, le visage en pleurs, que je me suis endormie.

Épisode trois

Cinq centimètres par seconde

1

Cette nuit-là, elle fit un rêve.

Il se déroulait voilà très longtemps. Elle et lui étaient encore des enfants. La nuit était calme, sans bruit, la neige recouvrait un vaste champ à perte de vue et les seules lumières visibles étaient celles de quelques maisons, lointaines et éparses. La neige, partout intacte, ne portait que leurs traces de pas.

En bordure du champ s'élevait un cerisier aussi seul qu'imposant. Encore plus sombre que les ténèbres alentour, on eût dit un trou profond qui serait soudain apparu dans l'air. Tous deux se tenaient immobiles devant lui. En regardant son tronc et ses branches noirs de bout en bout, ainsi que les innombrables flocons de neige qui tombaient entre ses ramures, elle songeait à la vie qui l'attendait.

À côté d'elle se trouvait le garçon qu'elle adorait et qui l'avait soutenue jusqu'à présent ; il allait partir loin, mais elle s'était résignée et faite à l'idée. Elle avait reçu la nouvelle de son changement d'école dans une lettre qu'il lui avait adressée quelques semaines auparavant. Dès lors, elle avait réfléchi, maintes et maintes fois, à ce que cela signifiait. Et pourtant...

Et pourtant, en comprenant qu'elle allait perdre la sensation de son épaule à côté de la sienne, qu'il allait falloir vivre sans l'atmosphère de douceur qu'il dégageait, elle se sentait saisie par une angoisse et une tristesse semblables à celles que l'on éprouverait si d'aventure on scrutait un puits de ténèbres sans fond. Ces émotions étaient pourtant censées avoir disparu voilà très longtemps, se disait-elle. Or, elles demeuraient bien là, aussi fraîches que si elles venaient de naître.

Comme j'aimerais que ces flocons de neige soient des pétales de cerisier, pensa-t-elle.

J'aimerais que ce soit le printemps. Nous aurions traversé cet hiver-là sans encombre, nous accueillerions ensemble le réveil de la nature, nous habiterions la même ville et chaque jour, sur le chemin du retour, nous admirerions les cerisiers. Comme j'aimerais vivre un tel moment.

Une nuit, il lisait un livre chez lui.

Il s'était couché vers minuit mais, incapable de trouver le sommeil, il s'était avoué vaincu, avait tiré au hasard un bouquin de la pile au sol puis s'était mis à lire en sirotant une canette de bière.

La nuit était froide et silencieuse. Il avait allumé la télé pour avoir un bruit de fond et laissé à faible volume l'un de ces films occidentaux qui passent au milieu de la nuit. Par-delà les rideaux ouverts à demi, il distinguait une myriade de lumières citadines et de flocons de neige. La neige, qui avait commencé à tomber en début d'après-midi, se changeait de temps à autre en pluie, puis reprenait sa forme initiale ; toutefois, après le coucher du soleil, elle s'était installée pour de bon. Ses flocons avaient grossi peu à peu, jusqu'à composer d'importantes chutes de neige.

Ne pouvant décidément se concentrer sur sa lecture, il éteignit la télé. Or, la pièce devint du même coup trop silencieuse. Le dernier train était passé, on n'entendait ni le bruit des voitures ni celui du vent, si bien qu'il percevait clairement les chutes de neige de l'autre côté du mur qui le séparait pourtant du monde extérieur.

Soudain ressuscita en lui la sensation chère à son cœur que quelque chose de doux et tiède veillait sur lui. Il en chercha la cause et se souvint d'un cerisier qu'il avait vu bien des années en arrière.

C'était quand, au juste ? À la fin de la première année de collège ; cela faisait donc quinze ans déjà.

Le sommeil semblait décidé à l'éviter soigneusement, alors il referma son livre, poussa un soupir et vida le reste de sa canette d'un trait.

Trois semaines auparavant, il avait quitté son entreprise après cinq ans de bons et loyaux services, sans savoir où il travaillerait ensuite. Depuis, il restait oisif, sans même chercher à occuper ses journées. En dépit de l'incertitude de sa situation, il goûtait une sérénité d'esprit totale, comme il n'en avait pas connu ces dernières années.

Mais bon sang, qu'est-ce qui m'arrive ? Il quitta sa table chauffante, enfila son manteau (il n'avait toujours pas rangé son costume de travail pendu à côté), mit ses chaussures dans l'entrée, empoigna un parapluie en plastique et sortit. Il parcourut lentement le trajet de cinq minutes jusqu'à la supérette, en écoutant le bruit à peine perceptible de la neige sur son parapluie.

Il déposa son panier de courses à ses pieds, hésita un peu devant le rayon des magazines, se mit à feuilleter une revue scientifique. Un magazine qui le passionnait à l'époque du lycée mais qu'il n'avait pas relu depuis quelques années. Il découvrit un article sur le recul constant des glaces en Antarctique, un autre sur les interférences gravitationnelles entre les galaxies, un troisième sur la découverte d'une nouvelle particule élémentaire et un dernier sur les interactions entre les nanoparticules et les milieux naturels. Comme ses yeux glissaient sur les pages, il ressentit une légère surprise à l'idée que le monde débordait encore de découvertes et d'aventures.

Soudain, il fut frappé d'une impression de déjà-vu : il avait éprouvé un sentiment identique il y avait bien longtemps de cela ; le temps d'une inspiration, il se rendit compte que c'était à cause de la musique.

Dans la boutique, le câble diffusait une chanson du hit-parade qui passait en boucle autrefois – sans doute à l'époque du collège. Il lisait des fragments du monde rapportés par la revue de sciences tout en écoutant cette mélodie chargée de souvenirs, quand en lui remontèrent, caressantes et bouillonnantes à la fois, toutes sortes d'émotions qu'il croyait oubliées de longue date. Même après qu'elles eurent disparu, la surface de son cœur demeura un temps parcourue de légères vagues d'émoi.

Une fois dehors, il ressentait toujours une faible chaleur dans la poitrine. Il eut l'impression de sentir son cœur battre pour la première fois depuis longtemps.

En regardant les flocons tomber du ciel uniformément nuageux, il réalisa que la saison où la neige cédait la place aux pétales de cerisier commençait enfin.

2

Après sa dernière année de lycée sur l'île de Tanega-shima, Takaki Tôno monta à la capitale afin d'entreprendre ses études universitaires. Pour se rendre facilement à la fac, il loua un petit appartement situé à une trentaine de minutes à pied de la gare d'Ikebukuro. Il avait vécu à Tokyo de ses huit à treize ans, mais il ne se souvenait que des environs de l'arrondissement de Setagaya, où habitait sa famille, le reste de la mégalopole étant pour lui terre inconnue. Comparé aux gens de la petite île sur laquelle il avait passé son adolescence, il trouva les Tokyoïtes grossiers, indifférents, violents dans leur manière de parler. Ils crachaient tranquillement dans la rue et jetaient sur les trottoirs une infinité de mégots et de déchets de toutes sortes. Pourquoi fallait-il que le sol soit maculé de bouteilles plastique, de magazines ou d'emballages de bentos ? Cela demeurait pour lui un mystère. Dans son souvenir, Tokyo lui avait semblé une ville bien plus douce et distinguée.

Mais peu importait.

Car après tout, c'est là qu'il allait vivre. Ayant fait deux fois l'expérience de changer d'école, il avait appris à s'adapter aux nouveaux environnements. Sans compter qu'il n'était plus le gamin impuissant d'autrefois, sans prise sur la vie. Il se souvenait encore de l'angoisse monstrueuse qu'il avait ressentie à son arrivée à Tokyo depuis Nagano, que le travail de son père avait forcé sa famille à quitter. Ses parents lui tenaient la main, mais le paysage entrevu dans le train qui les emmenait d'Ômiya à Shinjuku n'avait rien de commun avec ceux, montagneux, qui lui étaient jusque-là familiers. Il avait l'impression que cet endroit n'était pas fait pour lui. Toutefois, quelques années plus tard, il éprouva de nouveau ce sentiment d'être rejeté par les lieux lorsqu'il déménagea de Tokyo à Tanega-shima. Il atterrit sur cette petite île dans un avion à hélices, monta dans la voiture conduite par son père et observa par la vitre des routes seulement bordées de champs, de prés et de poteaux électriques – une violente nostalgie à l'égard de la capitale l'envahit alors.

En fin de compte, c'était pareil partout. *Et puis, cette fois-ci, je suis venu là de mon plein gré.* Voilà quelle réflexion il se faisait, dans son petit appartement où s'empilaient des cartons toujours pas ouverts, en observant les rangées de maisons par la fenêtre.

Il n'y avait presque rien à raconter au sujet de ses quatre ans de vie étudiante. Les cours à la fac des sciences l'occupaient énormément et il devait consacrer pas mal de temps à étudier en plus à côté. Toutefois, il fréquentait peu souvent le campus en dehors des cours, préférant travailler à mi-temps, se rendre seul au cinéma ou arpenter la ville. Même les jours où il avait cours, si les circonstances le permettaient, il passait devant les grilles de l'université sans s'arrêter et allait plutôt lire un livre dans le petit parc près de la gare d'Ikebukuro. Au début surtout, il fut très surpris par le nombre et la diversité des gens qui traversaient le parc, mais il s'y habitua rapidement. Il se fit quelques amis à la fac ainsi qu'au travail, mais à mesure que le temps passait, ses relations s'interrompaient naturellement, d'ordinaire, ce qui lui permettait d'en bâtir d'autres, plus intimes, avec un petit nombre de personnes. Il retrouvait deux ou trois amis chez l'un ou chez l'autre, buvait de l'alcool bon marché et fumait ; leur petit comité passait la nuit ainsi, à discuter d'un millier de choses. En quatre ans, sa vision du monde s'était lentement modifiée sur plusieurs sujets, et affermie sur d'autres.

À l'automne de sa première année universitaire, il entama une relation amoureuse avec une fille de son âge, qu'il avait connue au travail et qui habitait chez ses parents à Yokohama.

À l'époque, il avait un job à mi-temps consistant à vendre des bentos le midi, à la coopérative de l'université. Il avait souhaité trouver un petit boulot en dehors du campus, mais les cours lui laissaient peu de temps libre ; un travail à la coop lui convenait bien, car il lui permettait de rentabiliser au maximum sa pause déjeuner. À midi dix, sa deuxième heure de cours finie, il fonçait à la cafétéria, sortait un chariot rempli de bentos de l'entrepôt puis le faisait rouler jusqu'au lieu de vente. Ils étaient deux, lui inclus, pour écouler la centaine de boîtes-repas, ce qui prenait trente minutes environ. Dans le quart d'heure restant avant le début de la troisième heure de cours, lui et l'autre vendeuse s'attablaient discrètement à la cafétéria pour avaler leur déjeuner sur le pouce. Il effectua ce boulot pendant trois mois. Sa collègue d'alors était la jeune fille de Yokohama.

Elle fut la première femme avec qui il sortit. Elle lui enseigna une multitude de choses. Les journées en sa compagnie furent l'occasion de joies et de peines parfaitement insoupçonnées. Elle fut aussi la personne avec qui il coucha pour la première fois. Il découvrit alors un peu mieux le panel d'émotions gigantesque que l'être humain pouvait éprouver au cours de sa vie – il y avait celles qui se contrôlaient et celles qui demeuraient incontrôlables, ces dernières dépassant les premières en nombre. La jalousie tout comme l'amour appartenaient sans aucun doute possible à la seconde catégorie.

Sa relation avec cette fille dura un an et demi. Elle s'acheva lorsqu'un homme qu'il ne connaissait pas lui déclara ses sentiments.

— Tu sais, je suis toujours follement amoureuse de toi, mais ça n'a pas l'air d'être si réciproque que ça.

Je pourrais faire comme si de rien n'était, mais je n'y arrive pas. C'est trop douloureux.

Ces mots prononcés, elle fondit en pleurs dans ses bras. Il eût voulu protester, lui expliquer qu'elle se faisait des films, mais il se jugea responsable de cette idée qu'elle avait en tête et préféra en assumer les conséquences. Il laissa donc tomber. Il découvrit alors que les véritables souffrances du cœur pouvaient profondément meurtrir la chair.

Aujourd'hui encore, le souvenir le plus net qu'il gardait d'elle datait d'avant le début de leur relation : celui des moments où ils avaient terminé les ventes, s'asseyaient ensemble à la cafétéria et prenaient leur déjeuner en quatrième vitesse. Lui dévorait le bento offert par le travail, elle apportait chaque fois un petit panier-repas fait maison. Toujours en tablier, elle déjeunait avec beaucoup de soin, savourant jusqu'au dernier grain de riz. Son bento à elle avait beau être deux fois moins rempli que le sien, elle le finissait immanquablement après lui. Lorsqu'il la taquinait à ce sujet, elle répondait, comme agacée :

— C'est toi qui dois manger plus lentement ! Tu ne trouves pas que c'est du gâchis de ne pas savourer ?

Ce ne fut que très longtemps après qu'il se rendit compte qu'elle faisait en réalité allusion au temps passé ensemble à la cafétéria.

Il rencontra sa deuxième petite amie là encore par le biais du travail. En troisième année, il décrocha un boulot à mi-temps d'assistant dans une école prépa privée. Quatre jours par semaine, après ses cours à la fac, il se rendait sans traîner à la gare d'Ikebukuro, prenait la ligne Yamanote jusqu'à la station Takadanobaba, changeait pour la ligne Tôzai et descendait à Kagurazaka où se trouvait l'école. Celle-ci, modeste, comptait un professeur de mathématiques, un professeur d'anglais et cinq assistants à mi-temps, lui inclus. Takaki aidait le professeur de mathématiques. Ce dernier était un brave type d'environ trente-cinq ans, jeune et sympathique, qui vivait avec sa femme et ses enfants dans un quartier central de la ville. S'il se montrait extrêmement sévère au travail, il n'en demeurait pas moins populaire, car aussi compétent que fascinant. Ce professeur choisissait de se concentrer uniquement sur la préparation aux examens d'entrée à l'université, et pour ce faire, il fourrait de façon pragmatique dans le crâne des élèves une vision des mathématiques très réduite, mais qu'il compensait par une approche aussi sensée qu'attrayante des maths pures, incorporée à ses cours avec maestria. En tant qu'assistant, Takaki parvint même, lors de ses cours, à mieux comprendre l'analytique, une discipline qu'il étudiait à l'université. De son côté aussi le professeur trouva le jeune homme sympathique, à tel point qu'il l'exonéra, seul d'entre tous ses assistants, des tâches inintéressantes telles que la gestion des listes d'élèves ou la notation des devoirs, pour lui confier à la place la rédaction des ébauches des manuels de l'école et l'analyse des tendances dans les questions de ces fameux examens d'entrée à l'université. Le jeune homme fit tout pour se montrer à la hauteur. En somme, ce métier le motivait ; de surcroît, il n'était pas mal payé.

Sa future petite amie était l'une de ses collègues assistantes, étudiante à l'université de Waseda. En matière de beauté, elle dépassait de loin son entourage. Ses cheveux longs et splendides, ses yeux étonnamment grands, sa petite taille compensée par un style vestimentaire remarquable, tout cela lui conférait un charme plus animal que féminin. Sa beauté s'apparentait à celle d'une biche énergique ou d'un oiseau que l'on apercevrait haut dans le ciel.

Cette fille semblait naturellement populaire. Les élèves, les professeurs et les autres assistants lui adressaient la parole dès que l'occasion se présentait ; lui, cependant, la tint à distance dès le départ. Il aurait pu l'admirer des heures, mais elle avait l'air un peu trop irréellement belle pour qu'il eût envie de discuter avec elle en toute simplicité. Néanmoins, et peut-être même précisément pour cette raison, il prit bientôt conscience qu'elle possédait en matière de relations sociales une sorte d'inclination – inclination si établie qu'elle passait pour un trait de sa personnalité.

En effet, quand quelqu'un lui parlait, elle répondait avec un sourire tout ce qu'il y a de plus enjôleur, mais se refusait à adresser la parole à qui que ce soit en dehors du strict nécessaire. Personne autour d'elle ne paraissait remarquer ce comportement solitaire, et même, on semblait la trouver parfaitement aimable à l'unanimité.

Ses collègues la voyaient comme « une jeune femme sublime mais pas imbue de sa personne, humble et sympathique », ce qu'il trouvait du coup un peu surprenant, bien qu'il ne se sentît pas l'envie de les détromper ni de connaître la raison de l'attitude de cette fille (ou, le cas échéant, de sa propre méprise sur son compte). Si elle ne veut pas avoir de rapports avec les autres, alors grand bien lui fasse. Tous les goûts sont dans la nature, se disait-il naïvement, et de plus, tout le monde, certainement, possédait à des degrés divers ce genre d'inclination. Sans compter qu'il ne voulait pas non plus risquer de s'attirer des ennuis.

Pourtant, un beau jour, les circonstances le forcèrent à parler à cette collègue. C'était par une journée froide de décembre, juste avant Noël. Le professeur de maths était rentré chez lui à cause d'une affaire urgente, et Takaki et elle restèrent seuls dans l'établissement à préparer les manuels. Près d'une heure s'était écoulée depuis le départ du professeur lorsque Takaki remarqua que l'état de sa collègue paraissait inquiétant. Il était concentré sur la rédaction de ses questions, quand soudain, il réalisa que quelque chose clochait, et leva les yeux. Sa collègue assise en face de lui avait la tête baissée et le corps parcouru de légers tremblements. Ses yeux, grands ouverts, étaient braqués sur sa feuille, mais manifestement, elle ne la voyait pas. Son front ruisselait

de sueur. Surpris, il l'interpella, mais n'obtenant pas de réponse, il se leva et alla lui secouer l'épaule.
— Hé oh, Sakaguchi ! Qu'est-ce qui t'arrive ? Ça va ?
— ... caments.
— Quoi ?
— Médicaments. Dois les prendre. De l'eau, réclama-t-elle d'une voix curieusement monocorde.
Il quitta la pièce en panique, acheta une canette de thé au distributeur, l'ouvrit et la lui tendit. D'une main tremblante, elle sortit de son sac à ses pieds une tablette de comprimés et lui indiqua :
— Trois.
Il expulsa trois petits comprimés jaunes de leur opercule, les lui inséra dans la bouche puis lui fit boire une gorgée de thé. Ses lèvres brillantes, qu'il effleura du bout des doigts, se révélèrent étonnamment chaudes.

Cette femme et lui restèrent ensemble seulement trois mois. Néanmoins, elle lui légua à leur séparation une blessure si profonde qu'elle en demeurerait à jamais inoubliable. Et lui-même était certain de la réciproque. C'était la première fois qu'il tombait amoureux de manière aussi fulgurante de quelqu'un, et la première qu'il haïssait aussi viscéralement la même personne. Deux mois durant, l'un comme l'autre passa son temps à chercher de façon désespérée comment être aimé davantage, et le dernier mois, ils cherchèrent de façon obsessive comment blesser l'autre de manière définitive. À des journées de bonheur et d'extase incroyables succédèrent des journées épouvantables, au sujet desquelles il ne pouvait s'ouvrir à qui que ce soit pour demander conseil. Des paroles absolument intolérables furent proférées des deux côtés.

Malgré tout… c'est quand même étrange, se disait-il. Étrange que, alors qu'il s'était produit tant de choses, le souvenir le plus net qu'il gardait d'elle était celui d'une journée de décembre avant le début de leur relation.

Ce jour-là, peu après qu'il lui avait fait avaler ses médicaments, son visage avait repris des couleurs à vue d'œil. Il avait observé le phénomène en retenant son souffle, comme s'il assistait à quelque merveille. C'était comme s'il avait vu s'ouvrir une fleur unique au monde, que personne n'avait jamais découverte auparavant. Il lui semblait avoir déjà assisté, voilà très longtemps de cela, à l'un de ces instants secrets de l'univers. Il eut l'intime conviction qu'il ne devait plus jamais perdre *une telle présence*. Et ce, indépendamment du fait qu'elle sortît déjà avec le professeur de mathématiques.

* * *

Il commença sa recherche d'emploi à l'été de sa quatrième et dernière année à la fac, soit relativement tard par rapport aux autres étudiants. Finalement, il lui avait bien fallu trois mois après sa rupture pour retrouver la force de voir du monde. Ses efforts, conjugués à l'entremise zélée de son professeur référent, un homme bienveillant, lui permirent d'être embauché tant bien que mal à l'automne. Il ignorait complètement s'il voulait faire ce métier, ou même si ce choix se révélerait positif pour lui, mais il devait bien gagner sa vie. Plutôt que de rester faire de la recherche à l'université, il préférait partir explorer un monde différent. Il était demeuré au même endroit suffisamment longtemps comme ça.

Après la cérémonie de remise des diplômes, il retourna dans son appartement complètement vide, ses affaires étant remisées dans des cartons. À travers la petite fenêtre de la salle de bains donnant sur l'est, on voyait s'élever, derrière de vieux bâtiments en bois, le gratte-ciel Sunshine 60 qui baignait dans la lumière du soleil. Par la fenêtre orientée vers le sud, il apercevait, dans les interstices entre des constructions de différentes natures, le groupe de gratte-ciel de Shinjuku, minuscule. Ces édifices de plus de deux cents mètres de haut montraient des visages différents selon l'heure qu'il était ou le temps qu'il faisait. Tel le sommet d'une montagne qui reçoit les premiers rayons du levant, les gratte-ciel étincelaient sous les premiers reflets de l'aube. Et à l'instar d'une côte aux parois escarpées, ils apparaissaient de manière légèrement floue les jours de pluie. Durant quatre ans, il avait admiré ces vues en se laissant aller à une ribambelle de réflexions.

Dehors, l'obscurité tombait enfin, et au sol, la ville commençait à scintiller fièrement d'une myriade de lumières. Il tira à lui le cendrier posé sur un carton, sortit un paquet de cigarettes de sa poche et en alluma une avec son briquet. Il s'assit en tailleur sur les tatamis et observa, tout en crachant de la fumée, les lumières qui brillaient en vacillant à travers l'air épais.

C'est dans cette ville que je vais vivre, songea-t-il alors.

3

Il fut embauché comme ingénieur système dans une entreprise de taille moyenne située à Mitaka, spécialisée dans le développement de programmes. On l'affecta au département « solutions mobiles », qui avait pour clientèle principale des entreprises de communication et des fabricants de terminaux ; au sein d'une petite équipe, il fut chargé de développer des programmes pour appareils de communication portables, à savoir surtout des téléphones mobiles.

La première chose qu'il comprit en arrivant à son poste fut que le travail de programmation était vraiment fait pour lui. Exercé en solitaire, il nécessitait endurance et concentration, mais les efforts qu'on fournissait n'étaient jamais vains. Lorsque le code qu'on avait tapé ne fonctionnait pas comme on le souhaitait, la cause et la solution se trouvaient toujours en soi. Allier réflexion et introspection pour créer plusieurs milliers de lignes de code opérationnelles lui procurait une joie jusque-là inconnue. Le travail lui prenait beaucoup de temps, il rentrait chez lui souvent tard dans la nuit et il se considérait comme chanceux s'il avait cinq jours de repos par mois, mais en dépit de cela, il pouvait rester assis devant son ordinateur des heures sans jamais se lasser. Dans un *open space* propre à dominante blanche, il pianotait sur son clavier jour après jour, encore et encore.

Il ne savait pas si c'était quelque chose de fréquent dans ce secteur ou de spécifique à son entreprise, mais les échanges entre collègues en dehors du travail se révélèrent quasi inexistants. Aucune équipe ne se reformait après le boulot pour aller boire un verre, les déjeuners n'étaient pas partagés, chacun mangeant un bento de supérette assis à sa place. Personne ne se saluait, même en arrivant au bureau ou en en repartant, on consacrait aux réunions le minimum de temps possible et les échanges indispensables s'effectuaient presque exclusivement via la messagerie de l'entreprise. Seul le bruit incessant des claviers résonnait dans les vastes locaux, si bien que la présence à l'étage de plus d'une centaine de personnes se ressentait à peine. Au début, il fut légèrement troublé par l'immense fossé qu'il y avait en matière de rapports humains comparé à ce qu'il avait connu à l'université – à cette époque-là, ses relations avec les autres se cantonnaient à des papotages futiles ou à des beuveries de groupe aussi fréquentes qu'injustifiées –, mais il s'habitua rapidement à cet environnement morose.

Le travail terminé, il prenait l'un des derniers trains de la ligne Chûô à Mitaka, descendait à Shinjuku puis finissait le trajet à pied jusqu'à son studio situé dans un petit immeuble de Nakano-sakaue. Il prenait le taxi les jours de fatigue extrême, mais en général, il marchait – une demi-heure. Il avait déménagé là après la fin de ses études. Les loyers étaient plus abordables à Mitaka, où se trouvait son entreprise ; or, vivre trop près de son lieu de travail ne lui disait guère, sans compter que l'envie de se rapprocher des gratte-ciel de Nishi-Shinjuku, qu'il voyait en taille réduite depuis son appartement d'Ikebukuro, était plus forte que le reste.

Peut-être était-ce pour cette raison que son heure préférée de la journée était celle où il longeait en train les environs d'Ogikubo, et où les gratte-ciel de Nishi-Shinjuku apparaissaient à la fenêtre : il pouvait alors les contempler tandis qu'ils approchaient lentement du véhicule. Le dernier train en direction de Tokyo était presque vide, et la fatigue ainsi que la satisfaction dues au travail de la journée saturaient agréablement son corps enveloppé dans son costume. Il contemplait les gratte-ciel encore petits, qui jouaient à cache-cache avec lui au milieu de la variété d'immeubles de la ville. Plus loin, au rythme des secousses du train, ces géants de métal et de verre s'élevaient, telles des entités nettement remarquables, dans son champ de vision. Le ciel nocturne de Tokyo demeurait toujours étrangement lumineux, et les immeubles s'en détachaient telles des silhouettes noires. Même à cette heure indue, de ravissantes lumières jaunes brillaient aux fenêtres, signe que des gens continuaient de travailler. Au faîte des gratte-ciel, des feux d'avertissement rouges aériens clignotaient, donnant l'impression de matérialiser une sorte de respiration. En les observant, Takaki songeait qu'il avançait vers quelque chose de toujours aussi loin et aussi beau. Dans ces moments-là, son cœur palpitait légèrement.

Puis venait le matin, et il se rendait au bureau. Il achetait une canette de café au distributeur du bâtiment, insérait sa carte dans la pointeuse, s'asseyait à sa place puis allumait son ordinateur. Tandis que celui-ci se mettait en route, il vérifiait le planning de la journée en buvant son café. Il cliquait pour lancer les programmes nécessaires et positionnait ses doigts sur le clavier. Il réfléchissait à plusieurs algorithmes qui lui permettraient d'atteindre ses objectifs, les étudiait, ouvrait l'interface de programmation d'application et assemblait une procédure. Il aimait superposer au pixel près le curseur de sa souris et le caret de son éditeur. Tandis qu'il patientait, il se figurait successivement le lancement de l'API[1], et avant cela du système d'exploitation, et encore avant du *middleware*, et en tout premier du bloc de silicone du *hardware* – en bref, chaque étape de ce processus électronique aux dimensions irréelles.

---

1. *Application programming interface*, en français : interface de programmation applicative.

Mieux il maîtrisait la programmation, plus il en venait à éprouver de la déférence envers les ordinateurs. Il possédait de vagues connaissances sur la théorie des quanta, à laquelle on devait toutes les technologies semi-conductrices, mais plus il interagissait avec les machines au quotidien, moins il pouvait s'empêcher de réfléchir à la complexité incroyable des outils qu'il maniait ainsi qu'à toutes les actions que ceux-ci rendaient possibles. Il y trouvait même un côté quasi mystique. La théorie de la relativité était née pour décrire l'univers, la théorie des quanta décrivait le comportement de la matière à l'échelle atomique, et en imaginant que ces théories seraient peut-être unies un jour via un futur « modèle de la grande unification » ou via une éventuelle « théorie des super cordes », Takaki trouvait que manier un ordinateur était en quelque sorte semblable au fait d'effleurer du doigt les secrets du monde. Et ces secrets lui paraissaient – bien que sans raison précise – receler des passages vers toutes sortes d'expériences personnelles et anciennes : ses aspirations et ses rêves depuis longtemps oubliés, les lieux qu'il affectionnait ou les musiques qu'il écoutait après les cours, les promesses qu'il n'avait pu tenir auprès des filles qui comptaient pour lui. C'est donc avec un mélange de sérieux et de sincérité, comme s'il partait en quête de quelque trésor, qu'il plongeait dans le travail. Il pianotait sur son clavier sans relâche et sans un mot, tel un musicien solitaire qui dialogue silencieusement avec son instrument.

Ainsi s'écoulèrent à son insu les premières années qui suivirent son embauche.

Au début, il eut l'impression de vivre une sorte d'évolution personnelle comme il n'en avait plus connu depuis longtemps. Les progrès des techniques de programmation lui rappelaient cette fière sensation éprouvée au collège tandis que son corps gagnait sans cesse en maturité – la sensation nostalgique de prendre en muscles jour après jour, d'acquérir plus de force physique, de constater la disparition de son corps d'enfant chétif au profit d'une version plus aboutie. Également, la qualité de son travail lui assura peu à peu la confiance de ses supérieurs, et ses revenus augmentèrent en proportion. Il s'achetait un nouveau costume pour le bureau une fois par saison, passait ses week-ends seul chez lui à faire le ménage ou à lire, et deux fois par an environ, il retrouvait ses amis d'antan autour d'un verre. Il ne perdait plus d'amis, mais ne tissait plus non plus de nouvelles relations profondes.

Il sortait de chez lui chaque matin à huit heures pour rentrer à plus d'une heure du matin.

Ce rythme de vie se répétait non-stop. Quelle que soit la saison, quel que soit le temps, les gratte-ciel de Nishi-Shinjuku qu'il admirait depuis la fenêtre du train demeuraient d'une beauté à couper le souffle. Et plus il prenait de l'âge, plus cette vue lui paraissait éblouissante.

De temps à autre, il avait l'impression que cette beauté était la preuve flagrante et manifeste de l'existence d'autre chose encore. Mais il ne parvenait pas à savoir quoi.

*　*　*

Ce fut par un dimanche après-midi teinté de quelques éclaircies, chose rare en pleine saison des pluies, qu'il entendit quelqu'un l'appeler par son nom sur le quai de la gare de Shinjuku.

Ce quelqu'un était une jeune femme à lunettes, la tête coiffée d'un chapeau beige à large bord qui la protégeait du soleil. S'il ne la reconnut pas d'emblée, l'air intellectuel qu'elle dégageait lui disait néanmoins quelque chose. Comme il restait à court de mots, elle entama :

— Vous travaillez bien chez... Systems, n'est-ce pas ?

En entendant le nom de son entreprise, il se souvint enfin. Il répondit :

— Ah, je vois, vous êtes du département dirigé par M. Yoshimura...

— C'est ça. Moi, c'est Mizuno. Heureuse que vous m'ayez remise.

— Je suis désolé, vous étiez en tailleur la fois où on s'est rencontrés...

— Oui, en plus, aujourd'hui, j'ai un chapeau sur la tête. Moi, je vous ai reconnu tout de suite. En habits de tous les jours, vous ressemblez à un étudiant.

Un étudiant ? Elle ne devait pas penser à mal, songea-t-il en se mettant à marcher à ses côtés. C'était surtout elle, en fait, qui avait encore l'air d'une étudiante. Les ongles de ses orteils, au bout de ses sandales marron à semelles compensées, luisaient légèrement sous leur vernis rose clair. Comment s'appelait-elle, déjà... ? Mizuno, c'est ça. Il l'avait rencontrée deux fois le mois dernier, en allant livrer un produit chez un client : elle était la subordonnée du responsable de l'entreprise en question. Ils n'avaient fait qu'échanger leurs cartes de visite, mais elle lui avait tout de même laissé l'impression de quelqu'un d'assez sérieux, et sa voix claire l'avait marqué.

Ça y est, il se rappelait : c'était Risa Mizuno. Il se souvenait d'avoir pensé en voyant sa carte de visite que l'œil des caractères inscrits dessus collait bien à l'aura qu'elle dégageait. Ils descendirent un escalier et comme ils s'engageaient dans un passage sur la droite, il lui demanda :

— Vous prenez vous aussi la sortie est ?
— Euh, eh bien oui, peu importe, en fait.
— Peu importe ?
— À vrai dire, je n'ai rien de prévu. Mais comme il ne pleut plus et que le soleil est revenu, je pense que je vais faire quelques courses, expliqua-t-elle avec un sourire.

Il fut gagné par ce sourire, et sourit lui aussi.

— Pareil pour moi. Dans ce cas, pourquoi ne pas prendre un thé ensemble ? proposa-t-il.

Mizuno tourna vers lui un visage radieux où se lut une brève surprise, puis accepta.

Tous deux entrèrent dans un salon de thé exigu situé dans les galeries souterraines près de la sortie est. Ils burent un café, discutèrent deux bonnes heures, puis échangèrent leurs mails avant de se quitter.

Une fois seul, il déambula entre les rayons d'une librairie, mais se rendit soudain compte qu'il était fatigué et que sa gorge était légèrement engourdie. Cela faisait un bon moment qu'il n'avait pas parlé aussi longuement avec quelqu'un pour le plaisir. Bien que ce fût presque leur premier échange, réalisa-t-il à nouveau, il avait discuté deux heures sans se lasser. Certes, il avait l'esprit léger parce qu'il venait de boucler un projet, mais quand même. Ils n'avaient rien évoqué de si particulier, s'en tenant aux potins sur leurs entreprises respectives, aux anecdotes sur le quartier où ils habitaient et sur leur vie à la fac, mais cette discussion avait semblé à Takaki aussi agréable et naturelle que sa propre respiration. Pour la première fois depuis longtemps, il sentait une sorte de chaleur se diffuser dans sa poitrine.

Une semaine plus tard, il envoya un mail à Risa Mizuno pour l'inviter à dîner. Ce jour-là, au diable les heures supplémentaires – il alla la retrouver dans un restaurant du quartier de Kichijôji, puis ils se quittèrent un peu après vingt-trois heures. La semaine suivante, ce fut elle qui l'invita cette fois-ci à manger, la semaine d'après, ce fut de nouveau son tour et ils se retrouvèrent un jour de repos pour aller voir un film et partager un repas. Leur relation se tissa ainsi, avec politesse, prudence et lenteur.

Risa Mizuno était le genre de femme avec lequel il se sentait plus à l'aise encore à chaque rencontre. Ses lunettes et ses longs cheveux noirs lui donnaient un air terne au premier abord, mais en la regardant mieux, ses traits étaient d'une régularité étonnante. Ses vêtements qui cachaient sa peau, son côté peu bavard et ses gestes en apparence gênés pouvaient faire croire qu'elle souhaitait dissimuler sa beauté. De deux ans sa cadette, elle se montrait sincère et simple. Elle parlait sans jamais élever la voix, à un rythme lent et agréable. Quand il était avec elle, toute tension le quittait.

Elle habitait un immeuble de Nishi-Kokubunji et travaillait comme lui sur la ligne Chûô, aussi se donnaient-ils toujours rendez-vous sur cette même ligne. Leurs épaules qui se frôlaient parfois dans le train, leurs gestes lorsqu'ils partageaient leur repas, leur allure lorsqu'ils marchaient côte à côte : à travers tout cela, Takaki ressentait clairement l'affection que Risa nourrissait pour lui. Tous deux savaient pertinemment que si l'un faisait le premier pas, l'autre ne le rejetterait pas. Malgré cela, Takaki n'arrivait pas à prendre une décision.

Tout en la regardant s'éloigner vers le quai opposé en gare de Kichijôji, il se rappela que chaque fois qu'il était tombé amoureux, il avait aussitôt fait dans l'excès. En moins de temps qu'il n'en fallait pour le dire, son amour s'épuisait et il perdait sa partenaire. Cette fois, il ne voulait pas répéter la même erreur.

* * *

L'été de cette année-là s'acheva et, un soir de pluie, chez lui, il apprit le lancement réussi de la fusée H-IIA.
Il avait fait particulièrement humide ce jour-là, et malgré les fenêtres hermétiquement closes et l'air conditionné tournant à basse température, le bruit de la pluie qui battait le sol ainsi que celui des voitures qui glissaient sur la route mouillée s'infiltraient dans la pièce en même temps que la moiteur collante. L'écran de télé diffusait des images de la fusée : elle s'élevait du ciel en crachant des flammes depuis le centre spatial de Tanega-shima, qu'il reconnaissait bien. Des images prises de très loin montrèrent ensuite l'engin s'élevant vers les nuages, puis cédèrent la place à une prise de vue plongeante sur les propulseurs auxiliaires depuis une caméra montée sur la fusée. Dessous, entre les nuages, on voyait toute l'île de Tanega-shima, qui rapetissait à mesure que la fusée s'en éloignait. Takaki distingua nettement la ville de Nakatane où il avait passé son lycée, ainsi que la ligne côtière.
Un instant, il fut parcouru d'un frisson.
Il ne savait pas bien ce qu'il devait ressentir devant ces images. Il n'était plus de Tanega-shima. Son père avait été muté à Nagano voilà longtemps, lui et sa mère allaient sûrement y rester définitivement, et cette île

n'était déjà plus pour lui qu'un lieu de passage parmi d'autres. Il finit sa canette de bière tiède d'un trait et se concentra sur le liquide éventé qui descendait dans sa gorge pour tomber dans son estomac. La jeune présentatrice du journal télévisé expliqua sur un ton d'une platitude extrême que l'engin propulsé dans l'espace était un satellite de communication pour station mobile. Par conséquent, ce lancement n'était pas totalement sans lien avec son propre travail. Sans s'attarder sur cette constatation, il se dit que la vie l'avait charrié très loin de cet endroit.

Il avait dix-sept ans la première fois qu'il avait assisté à un lancement. À ses côtés se tenait une jeune fille en uniforme de lycéenne. Ils n'étaient pas dans la même classe, mais ils s'entendaient bien. Enfin, c'était elle qui s'était attachée à lui de manière plutôt unilatérale. Cette jeune surfeuse bronzée, aussi allègre qu'adorable, s'appelait Kanae Sumida.

Presque dix années s'étaient écoulées depuis, ce qui lui avait permis de doucement faire le deuil de ses sentiments. Pourtant, il ressentait encore un léger pincement au cœur lorsqu'il songeait à Sumida. La taille qu'elle faisait, l'odeur de sa sueur, sa voix, son sourire ou son visage en pleurs – tout ce qu'elle dégageait lui évoquait avec une vive fraîcheur les couleurs, les sons et les odeurs de cette île sur laquelle il avait passé son adolescence. En y repensant, il éprouvait une émotion proche du regret, même s'il savait qu'à l'époque, il n'aurait pas pu agir autrement. Il savait pourquoi Sumida avait été attirée par lui, il avait deviné les nombreuses fois où elle avait tenté en vain de lui faire sa déclaration. Lui-même avait une fois essayé de la faire parler, et cet échec l'avait plongé dans une multitude d'émotions encore vives dans sa mémoire, mais qui avaient cédé la place à un bref sentiment d'exaltation lorsque, l'instant d'après, la fusée avait décollé devant leurs yeux ébahis. Alors, Sumida avait laissé tomber. Il revoyait tout cela clairement, tout comme il se revoyait sur le moment, incapable de la moindre action.

Lorsqu'il avait dû déménager à la capitale pour poursuivre ses études universitaires, il n'avait donné l'horaire de décollage de son avion à personne d'autre que Sumida. Le départ avait eu lieu en mars, un jour de grand soleil et de vent puissant. Ils avaient discuté une dernière fois sur le parking de l'aéroport, aux allures d'embarcadère de ferry. Durant cette conversation entrecoupée, Sumida n'avait pas arrêté de pleurer, mais au moment des adieux, elle avait souri. Sans doute était-elle déjà devenue bien plus adulte et bien plus forte que lui, pensa-t-il.

Et lui, à ce moment-là, avait-il réussi à lui offrir un visage souriant ? Il ne s'en souvenait plus très bien.

Deux heures vingt du matin.
C'était l'heure de se coucher en vue du travail du lendemain. Le journal télévisé était fini et une émission de téléachat avait commencé sans qu'il s'en rende compte.

Il éteignit le poste, se brossa les dents, programma l'air conditionné pour qu'il s'arrête une heure plus tard, éteignit la lumière puis se mit au lit. Son portable en charge à côté de son oreiller clignotait, annonçant un message. Il le consulta, et l'écran inonda la pièce de sa vague lueur blanche. Mizuno l'invitait à manger. Il s'étendit sur le lit et ferma les yeux un moment.

Des motifs de toutes sortes se dessinèrent derrière ses paupières. Quelqu'un lui avait un jour appris que, comme les nerfs optiques ressentent la pression exercée par les paupières sur les yeux, l'être humain est incapable de voir une obscurité parfaite. Mais qui était-ce, déjà ?

De là, il se souvint qu'à la même époque, il avait eu l'habitude de taper sur son portable des messages qu'il n'envoyait à personne. Au début, ces messages étaient destinés à une fille. Une fille dont il ne connaissait pas l'adresse mail, et avec qui toute correspondance avait cessé sans qu'il s'en rende bien compte. Après qu'il avait arrêté de lui écrire, il avait éprouvé des émotions impossibles à faire taire, qui l'avaient poussé à rédiger des mails ; il projetait de les lui envoyer, mais les supprimait tous avant. Pour lui, c'était comme une période de préparation. Comme une course d'élan en vue de se lancer seul dans la vie.

Toutefois, peu à peu, la teneur de ses messages changea, devenant de vagues soliloques sans le moindre destinataire, puis finalement, cette manie disparut.

Lorsqu'il s'en rendit compte, il comprit que sa période de préparation était achevée.

Il ne lui enverrait plus de lettres.

Il n'en recevrait sans doute plus de sa part non plus.

Cette réflexion fit resurgir, vive et intacte, l'ardente impatience qu'il ressentait à l'époque. Que ce sentiment n'eût souffert aucune atteinte au plus profond de lui-même le laissa quelque peu stupéfait ; il se demanda si rien n'avait changé en lui depuis lors. S'il était toujours aussi ignorant, orgueilleux, impitoyable. Il ouvrit les yeux et songea qu'au moins, à présent, il avait quelqu'un dans sa vie, et que ce quelqu'un comptait réellement pour lui.

Il était bel et bien amoureux de Mizuno.

La prochaine fois qu'il la verrait, il lui confesserait ses sentiments. Cette décision prise, il tapa et lui envoya sa réponse. La prochaine fois, il ferait face à Mizuno et à ses émotions. Tout comme Sumida l'avait fait pour lui, ce jour-là.

Ce jour-là, le dernier qu'il passa sur l'île, à l'aéroport.

Chose inhabituelle, ni lui ni elle ne portaient d'uniforme. Un vent puissant ballottait les cheveux de Sumida, les fils électriques et les feuilles des palmiers dattiers. Elle avait beaucoup pleuré, mais c'est un visage bardé d'un sourire qu'elle avait tourné vers lui, avant de dire :

Je t'ai toujours aimé. Merci, merci pour tout.

4

Lors de sa troisième année dans l'entreprise, il fut affecté à une nouvelle équipe. Cela allait marquer un tournant dans sa carrière.

Tout commença par un projet lancé avant son embauche. Celui-ci avait connu une période d'instabilité qui avait forcé l'entreprise à revoir à la baisse son objectif de départ, avant de la décider à y mettre un terme plus tôt que prévu. À cette fin, un cadre de direction annonça à Takaki sa mutation dans un autre service chargé de ce projet. Son travail dans sa nouvelle équipe allait consister à limiter la casse : il devrait réordonner l'organisation de plusieurs programmes (devenue de plus en plus complexe) et sauver tout ce qui pouvait l'être afin de réduire les pertes au maximum. En d'autres termes, ses compétences avaient été reconnues mais, précisément à cause d'elles, il allait s'éreinter à accomplir des tâches déraisonnablement pénibles.

Au début, il exécuta docilement les ordres de son nouveau chef d'équipe. Toutefois, il s'aperçut aussitôt que la méthode de ce dernier engendrait une accumulation délirante de sous-programmes, et que ce seul problème allait au contraire aggraver la situation. Il s'en ouvrit au chef, auquel il se permit même de donner quelques conseils, mais celui-ci n'en tint pas compte. Du coup, pendant un mois, Takaki effectua encore plus d'heures supplémentaires que d'habitude car il obéissait toujours aux ordres de son chef, mais en parallèle, il traitait ses tâches de la façon qu'il pensait être la meilleure. Le résultat fut sans appel : sans la méthode qu'il avait adoptée, il serait impossible de venir à bout du projet. Fort de ces preuves, il tenta de renégocier avec son chef d'équipe, mais celui-ci le réprimanda vertement, le prévenant qu'il n'avait plus jamais intérêt à prendre de telles initiatives en solitaire.

Confus, Takaki observa les autres membres de l'équipe et s'aperçut que chacun exécutait sagement les ordres du chef. Or, si rien ne changeait, le projet n'aboutirait jamais. Celui-ci avait débuté dans des conditions désastreuses, et tant qu'on n'en corrigeait pas les bases, les erreurs s'accumuleraient de manière toujours plus inextricable. Sans compter que ce projet était beaucoup trop avancé pour qu'on en revoie les fondements. Il ne restait donc qu'à tenter de sauver les meubles, comme le souhaitait l'entreprise.

Après une longue période d'hésitation, il alla demander conseil au cadre qui l'avait muté. Ce dernier l'écouta puis, pour conclure, lui recommanda de faire au mieux tout en se mettant à la place de son chef d'équipe. Mais pour Takaki, cela était impossible.

Pendant plus de trois mois après cet entretien, il poursuivit ces tâches stériles, sans relâche. Il avait compris que son chef d'équipe voulait lui aussi mener le projet à bien, à sa manière, mais il ne pouvait rester sans rien dire à effectuer des opérations qui ne faisaient qu'empirer la situation. Il se fit morigéner maintes fois par son chef, mais continuait pourtant de faire cavalier seul au sein de son équipe. Ce qui le sauva fut la tolérance de son cadre de direction, qui fermait les yeux sur ses agissements. Cependant, jour après jour, le reste de l'équipe accumulait les erreurs, créant un chaos monstre qui démolissait les fruits de ses propres opérations solo. Une fois rentré chez lui, Takaki fumait cigarette sur cigarette et buvait plus de bières qu'à l'accoutumée.

Un jour, n'y tenant plus, il alla supplier le cadre de direction de le retirer de cette équipe. S'il refusait, qu'il fasse au moins entendre raison à son chef d'équipe. Si l'une ou l'autre de ses demandes n'était pas acceptée, il démissionnerait.

La semaine suivante, le chef d'équipe fut muté et remplacé par quelqu'un qui se trouvait déjà en charge d'un autre projet. Comme ce nouveau chef avait été nommé en premier lieu pour reprendre un dossier brûlant et non spécialement pour ses compétences, Takaki le considéra avec indifférence. Cependant, il devait avouer qu'il savait au moins juger les choses de manière rationnelle.

Quoi qu'il en soit, grâce à lui, Takaki entrevoyait enfin une porte de sortie. Il passait de plus en plus de temps au bureau, où il demeurait de plus en plus seul, mais cela ne l'empêchait pas de travailler de manière soutenue. De toute façon, il n'avait pas d'autre choix. Il avait fait tout ce qui était en son pouvoir.

En parallèle, il se mit à passer davantage de temps avec Risa Mizuno ; un temps qui devenait plus précieux encore.

Une fois par semaine ou par quinzaine, au retour du travail, il descendait en gare de Nishi-Kokubunji, la plus proche de chez elle. Ils se donnaient rendez-vous à vingt et une heures trente et parfois, il s'annonçait avec un bouquet de fleurs. Comme le fleuriste à côté de son entreprise fermait à vingt heures, il devait quitter le bureau en douce vers dix-neuf heures pour acheter son bouquet, qu'il enfermait ensuite dans une consigne automatique de la gare avant de retourner en vitesse à son poste qu'il quittait alors à vingt heures trente. Ce genre de mission secrète l'amusait beaucoup. Ensuite, il empruntait une ligne Chûô bondée en prenant garde à ce que le bouquet ne se fasse pas ratatiner, pour se rendre à la gare où l'attendait Mizuno.

Le samedi soir, ils passaient parfois la nuit ensemble. Il dormait plus fréquemment chez elle que l'inverse, mais elle avait aussi ses habitudes chez lui. Dans leurs appartements respectifs se trouvaient désormais deux brosses à dents. Il laissait même plusieurs sous-vêtements à lui chez elle, et elle, quelques ustensiles de cuisine et autres condiments chez lui. Des magazines qu'il n'avait jamais lus jusqu'alors s'empilaient peu à peu dans sa chambre ; les voir lui réchauffait le cœur.

C'était toujours Mizuno qui concoctait le dîner. Tandis qu'il attendait les plats, il continuait à travailler sur son ordinateur portable, avec en fond sonore le bruit du couteau de cuisine ou de la hotte, et en fond olfactif l'odeur des nouilles dans l'eau bouillante ou du poisson dans la poêle. Dans ces moments-là, il pianotait sur son clavier avec une réelle sérénité. Les doux bruits de la cuisine ainsi que du clavier emplissaient l'appartement, et pour autant qu'il sût, il n'avait jamais connu d'atmosphère ni de moment plus apaisant.

Il se souvenait de tant de choses au sujet de Mizuno.
Par exemple, ses repas. Elle mangeait toujours de manière extrêmement raffinée. Elle triait très joliment ses morceaux de maquereau pour éviter les arêtes, découpait la viande avec aisance et savait enrouler adroitement ses pâtes avec fourchette et cuillère, avant de les porter à sa bouche avec une élégance presque envoûtante. Et puis il y avait ses ongles vernis couleur pétale de cerisier, qui enveloppaient sa tasse de thé. La légère moiteur de ses joues, le bout de ses doigts glacés, l'odeur de ses cheveux, le goût sucré de sa peau,

ses paumes moites de sueur, ses lèvres qui transportaient l'odeur du tabac, ses soupirs presque suffocants.

L'appartement de Mizuno se situait non loin de la ligne de chemin de fer. Lorsqu'ils avaient éteint la lumière et s'étaient glissés sous les draps, il relevait souvent la tête pour regarder le ciel par la fenêtre. Une fois, en hiver, il vit un ravissant ciel étoilé. Dehors, il devait geler à pierre fendre et à l'intérieur, la température était si basse que leurs souffles devenaient visibles, mais le poids de sa tête à elle sur son épaule nue le réchauffait un peu et lui procurait du bien-être. Dans ce genre de moments, les chocs métalliques des trains de la ligne Chûô résonnaient tels des mots inconnus issus de quelque langue lointaine. Takaki avait alors l'impression de se trouver dans un endroit radicalement différent de tous ceux qu'il connaissait. Il songeait que c'était peut-être ici qu'il avait toujours rêvé d'atterrir.

Les jours passés avec Mizuno lui enseignèrent à quel point il avait jusqu'alors souffert de la soif, à quel point il avait jusqu'alors vécu dans la solitude.

* * *

Voilà pourquoi, lorsque leur séparation devint inévitable, une profonde angoisse l'étreignit, semblable à celle que l'on éprouverait en jetant un œil dans une pièce plongée dans le noir.

Durant trois ans, ils avaient mis à l'épreuve leurs sentiments et bâti leur relation sans relâche, à leur façon.

Malgré cela, leurs chemins se séparaient finalement en cours de route. Dorénavant, Takaki allait de nouveau devoir cheminer seul dans la vie, et à cette pensée, il était gagné par une lassitude pesante, incroyablement pesante.

Si encore il s'était passé quelque chose, regrettait-il. Or, aucun événement décisif n'avait éclaté. Pourtant, les sentiments des amants s'épuisaient quand même, incapables de demeurer en résonance parfaite.

Tard dans la nuit, prêtant l'oreille au bruit des voitures, il réfléchissait de manière acharnée, les yeux grands ouverts dans le noir complet. Il forçait ses pensées entièrement décousues à se rassembler, pour au moins tirer leçon de cette rupture.

De toute façon, je n'y peux rien. Finalement, ce n'est pas comme si l'on pouvait rester à jamais avec quelqu'un. Il faut s'habituer à la perte.

C'est comme ça que j'ai toujours fait jusqu'à présent, comme ça que j'en suis arrivé là, tant bien que mal.

* * *

Il présenta sa démission *grosso modo* à la même période que sa rupture avec Mizuno. Pour autant, lorsqu'on lui demandait si ces deux événements étaient liés, il se révélait incapable de répondre. Sans doute que non, pensait-il. Mizuno avait fait maintes fois les frais du stress qu'il ressentait au travail, et l'inverse était vrai aussi, mais il rangeait plutôt cela dans la catégorie des incidents sans conséquence. Il avait l'impression qu'à l'époque, quelque chose de plus difficile à expliquer verbalement – une sorte de sentiment d'incomplétude – le recouvrait sans cesse d'un voile fin. Et quand bien même ? Qu'est-ce que cela venait apporter à l'équation ?

Il ne savait pas bien.

Lorsqu'il se retournait sur les deux années précédant sa démission, il ne glanait que des souvenirs vagues, comme s'il s'était trouvé durant tout ce temps dans un demi-sommeil.

Sans s'en rendre compte, il avait fini par ne plus savoir distinguer les saisons, les événements du jour même lui semblaient ceux de la veille et parfois, il voyait les choses qu'il ferait le lendemain projetées tel un film devant ses yeux, comme si elles avaient lieu sur le moment. Comme toujours, le travail ne lui laissait que peu de répit, mais il consistait désormais en des tâches routinières. S'aidant du planning affiché dans les bureaux en vue de la fin du projet, Takaki arrivait à calculer presque machinalement le temps de travail qu'il devait consacrer à chaque tâche. C'était comme de conduire au milieu d'une file de voitures à vitesse constante, en suivant la signalisation. Il parvenait à manier le volant tout comme l'accélérateur presque sans réfléchir. Il n'avait pas non plus besoin de discuter avec qui que ce soit.

Et puis, sans qu'il s'en rende compte, la programmation, les nouvelles technologies ou les ordinateurs perdirent à ses yeux une part de leur attrait originel. Mais rien de plus normal, se disait-il. Il en était allé de même pour le ciel étoilé, qui l'avait fasciné durant son enfance, avant de tomber un jour en disgrâce, rétrogradé en arrière-plan, au même titre que tout le reste.

Parallèlement, il ne faisait que gagner de plus en plus d'estime au sein de l'entreprise. Il obtenait une augmentation à chaque évaluation et sa prime se révélait plus élevée que celle de tous ses collègues avec autant d'ancienneté. Pour autant, son train de vie n'était pas tellement dispendieux. Il n'avait en effet même pas le temps de dépenser son argent, aussi avait-il accumulé sans s'en rendre compte une somme inédite sur son livret bancaire.

Assis dans l'*open space* où seul résonnait le bruit des doigts sur les claviers, il attendait que le code qu'il avait tapé se compile. Il porta les lèvres à sa tasse de café tiédi, trouvant bien étrange d'avoir amassé une telle somme d'argent alors même qu'il n'éprouvait aucun désir d'achat.

Lorsqu'il raconta cela à Mizuno en guise de plaisanterie, elle rit, mais afficha aussitôt après une mine légèrement triste. Chaque fois qu'il la voyait ainsi, il ressentait un bref pincement au cœur, comme si l'on venait directement saisir cet organe sous ses côtes pour le lui serrer. Puis, il devenait triste à son tour sans raison.

Nous étions au début de l'automne : un vent agréablement frais soufflait à travers les portes-moustiquaires et le parquet à même lequel il était assis se révélait frais également. Il portait une chemise bleu foncé sans cravate, et elle, une jupe longue à grandes poches ainsi qu'un pull marron foncé. En voyant le doux renflement de sa poitrine sous son pull, une légère mélancolie le gagna à nouveau.

Il s'était rendu chez Mizuno après le travail, pour la première fois depuis longtemps. Il nota que l'air conditionné était allumé la fois précédente : presque deux mois s'étaient déjà écoulés. Le travail leur laissait peu de temps libre, aussi leurs disponibilités ne concordaient-elles pas vraiment, mais ce n'était pas non plus comme s'ils ne pouvaient absolument pas se voir. Avant, ils se retrouvaient bien plus fréquemment – il en était presque sûr. Désormais, ils ne faisaient plus l'impossible l'un pour l'autre.

Après l'avoir écouté d'une oreille distraite se plaindre de son entreprise, Mizuno lui demanda :

— Dis-moi, qu'est-ce que tu voulais devenir quand tu étais petit ?

Il réfléchit un instant.

— Je crois que je ne pensais pas du tout à ça.

— Pas du tout ?

— Non. Survivre au jour le jour monopolisait déjà toutes mes forces, expliqua-t-il en souriant.

— Moi aussi, répondit-elle en souriant comme lui.

Elle porta une poire *nashi* de son assiette à sa bouche. Le bruit de ses dents croquant dans le fruit était doux à l'oreille.

— Vraiment ?

— Je t'assure. À l'école, j'étais toujours bien embêtée quand on me demandait ce que je voulais devenir, une fois adulte. Tu n'imagines pas comment je me suis sentie soulagée quand mon entreprise m'a embauchée. Je me suis dit que plus jamais je n'aurais besoin de réfléchir à ce que je rêvais de faire plus tard.

Il acquiesça puis tendit lui aussi la main vers la *nashi* qu'elle avait épluchée.

Ce que je veux devenir plus tard.

Depuis toujours, il luttait désespérément pour trouver sa place. Encore maintenant, il avait l'impression de ne même pas s'être habitué à lui-même. L'impression qu'il lui restait quelque chose à poursuivre et à rattraper. Non pas son « véritable moi », ou quelque chose du même acabit, mais *quelque chose qui n'était pas accompli*. Or, où devait-il se rendre pour le trouver ?

Le portable de Mizuno sonna. Elle le prit, le pria de l'excuser un instant puis s'éloigna vers le couloir. Il la suivit du coin de l'œil, sortit une cigarette et l'alluma. Du couloir lui venait, étouffée, sa voix amusée par la conversation. Il éprouva alors tout à coup une violente jalousie pour ce correspondant téléphonique inconnu, à un point qui le surprit lui-même. Devant ses yeux apparut l'image d'un homme qu'il n'avait jamais vu, en train de faire ramper ses doigts sous le pull, sur la peau blanche de Mizuno, et aussitôt, il voua une haine farouche aussi bien à cet homme qu'à elle.

L'appel dura tout au plus cinq minutes, puis son hôte revint en disant :

— C'était quelqu'un du travail, qui n'est pas dans l'entreprise depuis longtemps.

Takaki eut l'impression qu'elle le traitait avec un mépris sans bornes. Mais ce n'était pas de la faute de Mizuno. C'était comme ça par la force des choses.

— D'accord, répondit-il tout en écrasant son mégot dans le cendrier, comme pour broyer ses émotions.

Mais enfin, qu'est-ce qui m'arrive ? se demanda-t-il, frappé de stupeur.

Le lendemain matin, ils étaient attablés dans la salle à manger et déjeunaient ensemble pour la première fois depuis longtemps.

À travers la fenêtre, le ciel était couvert de nuages gris. Il faisait un peu frisquet. Pris ensemble de la sorte, le petit déjeuner du dimanche matin était pour eux un moment particulièrement emblématique et important. À cette époque, leurs jours de congé n'étaient pas encore grignotés par le travail et ils passaient leur temps libre entièrement à leur guise. Un peu comme s'ils avaient la vie devant eux. Les petits déjeuners que préparait Mizuno étaient toujours exquis, et ces heures-là, assurément heureuses. Du moins faisaient-ils tout pour que ce soit le cas.

En regardant Mizuno déposer des œufs brouillés sur ses tranches de pain perdu avant de les porter à sa bouche, il eut soudain le pressentiment que le petit déjeuner qu'il prenait ici serait peut-être le dernier. L'idée avait surgi de nulle part, sans raison. Il souhaitait pourtant le contraire : recommencer la semaine suivante, et celle d'après encore.

Or, ce petit déjeuner en commun allait bel et bien devenir le dernier.

* * *

Il décida de présenter sa démission une fois que l'on sut clairement que le projet serait bouclé dans trois mois.

Cette décision prise, il se rendit compte que cela faisait bien longtemps déjà qu'il réfléchissait à quitter son travail. Il annonça à son chef d'équipe qu'il souhaitait se laisser un mois après la fin du projet pour effectuer sa passation et autres formalités nécessaires, et démissionner si possible d'ici à février prochain. Son supérieur lui annonça sur un ton compatissant qu'il devait dans ce cas en parler au cadre de direction.

Ce dernier tenta sincèrement de retenir Takaki. S'il n'était pas satisfait de ses conditions de travail, il pourrait y remédier dans une certaine mesure, et ce n'était de toute façon pas raisonnable de tout plaquer à ce stade de sa carrière. C'était précisément maintenant qu'il devait serrer les dents. Le projet actuel se révélait peut-être un mauvais moment à passer, mais une fois achevé, son évaluation serait encore meilleure et le travail deviendrait sans doute plus intéressant.

Peut-être, en effet. Mais c'est ma vie, songea-t-il en son for intérieur.

— Je n'ai pas à me plaindre des conditions de travail, répondit-il. Ma tâche actuelle n'est pas si pénible que ça.

Il était sincère. Il voulait seulement démissionner, voilà tout. Mais il aurait eu beau défendre son point de vue, le cadre ne l'aurait pas compris. En somme, quoi de plus normal, pensa Takaki. Lui-même n'était pas capable de se l'expliquer correctement.

Quoi qu'il en soit, même si cela devait entraîner une foule de complications, sa démission fut acceptée et programmée à la fin du mois de janvier.

L'automne avança, et alors que le fond de l'air se chargeait d'un froid de plus en plus pur, Takaki s'appliquait à expédier ses dernières affaires. Comme le bouclage du projet était désormais programmé à une date précise, il se retrouva avec encore plus de pain sur la planche que d'habitude et ses jours de repos sautèrent presque intégralement. Le peu de temps qu'il passait chez lui, il l'occupait quasi exclusivement à dormir comme une bûche. Malgré cela, le manque de sommeil persistait, tenace. Takaki se sentait en permanence lourd, le corps en feu, et chaque matin dans le train qui l'emmenait au bureau, de fortes nausées l'assaillaient. Toutefois, cela disparaissait et il n'y attachait pas trop d'importance – c'était la vie. Ces journées lui procurèrent même une certaine sérénité.

    Il s'était préparé à se sentir moins à l'aise au sein de l'entreprise une fois qu'il aurait demandé sa démission, mais en réalité, ce fut l'inverse. Son chef d'équipe se montra reconnaissant envers lui, bien que maladroitement, et le cadre de direction alla même jusqu'à s'inquiéter pour la suite de sa vie professionnelle, affirmant qu'il pourrait rédiger une lettre de recommandation pour la prochaine entreprise où il postulerait. Takaki refusa poliment la proposition, arguant qu'il souhaitait d'abord prendre du temps pour lui avant de rechercher du travail.

    Après le passage des typhons qui firent souffler des vents froids sur le Kantô, Takaki changea de costume pour un vêtement hivernal. Un matin glacial, il enfila le modèle à peine sorti de sa penderie qui sentait encore la naphtaline, puis un autre jour, il s'enroula autour du cou une écharpe que lui avait offerte Mizuno. Son humeur même, peu à peu, devenait hivernale. Il ne parlait presque à personne, mais cela ne lui paraissait nullement désagréable.

De temps en temps – une à deux fois par semaine – il contactait Mizuno par mail. Celle-ci mettait désormais longtemps à lui répondre, mais pas encore assez pour qu'il puisse raisonnablement attribuer cela à autre chose qu'à un planning surchargé. D'ailleurs, lui aussi faisait pareil. En y réfléchissant, il se rendit compte que trois mois s'étaient écoulés depuis la dernière fois où ils avaient pris leur petit déjeuner ensemble. Il ne l'avait pas revue depuis.

Après sa journée de travail, il prenait le dernier train de la ligne Chûô, s'asseyait, anéanti, sur un siège où il poussait un interminable soupir.

À cette heure tardive, le train en direction de Tokyo était toujours vide. Une légère odeur d'alcool et de fatigue flottait dans les wagons. Il écoutait les bruits familiers que faisait le train dans sa course tout en admirant les gratte-ciel qui approchaient de l'autre côté du quartier de Nakano, quand soudain, il eut l'impression de s'observer depuis le ciel. Il se représenta clairement le spectacle d'une ligne lumineuse rampant lentement à la surface de la Terre, vers des immeubles gigantesques semblables à des pierres tombales.

Le vent souffle fort, les lumières de la ville, au loin sur terre, scintillent comme des étoiles. Et moi je suis là, parmi ces petites lumières, je me déplace lentement à la surface de cette immense planète.

Lorsqu'il descendit du train en gare de Shinjuku, il ne put s'empêcher de tourner la tête vers le siège qu'il occupait. Il n'arrivait pas à s'ôter de l'esprit que son moi, le corps enveloppé dans une lourde fatigue sous son costume, était encore assis à sa place.

Encore maintenant, se dit-il, il ne s'était toujours pas habitué à Tokyo. Ni aux bancs sur le quai de ses gares, ni aux portiques automatiques et aux queues qu'elles entraînaient, ni aux galeries souterraines avec leurs alignements de boutiques à louer.

* * *

Un jour de décembre, le projet s'acheva, après deux longues années de travail.

Étonnamment, sa tâche finie, il n'éprouva pas une si grande émotion que cela. Il se sentait juste un peu plus fatigué que la veille, rien d'autre. Il fit une pause, juste le temps d'un café, puis entama les préparatifs de sa démission. Il rentra ce jour-là aussi par le dernier train.

En descendant en gare de Shinjuku, il passa les portiques automatiques, vit la queue qui s'était formée à la station de taxis souterraine de la sortie ouest et se rappela qu'effectivement, c'était un vendredi soir. Un vendredi soir de Noël, qui plus est. De vagues bruits de clochettes lui parvenaient faiblement, mêlés à la rumeur ambiante de la gare. Il renonça au taxi et, décidant de rentrer à pied, prit le souterrain en direction de Nishi-Shinjuku, puis remonta à la surface dans le quartier des gratte-ciel.

La nuit, cet endroit était toujours calme. Il longea la base des édifices. Il empruntait son chemin habituel lorsqu'il rentrait à pied de Shinjuku. Tout à coup, son portable vibra dans sa poche. Il s'arrêta, respira un grand coup puis le sortit.

C'était Mizuno.

Il ne réussit pas à décrocher. Comment était-ce possible ? Il n'en avait tout simplement pas envie. C'était beaucoup trop dur. Mais qu'est-ce qui lui paraissait si dur ? Ne pouvant se résoudre à prendre l'appel, il fixa le nom « *Risa Mizuno* » sur le petit écran à cristaux liquides, debout, immobile. L'appareil vibra plusieurs fois, puis soudain, cessa.

Une chaleur se propagea rapidement dans sa poitrine. Il leva les yeux en l'air.

La noire paroi du building, qui semblait disparaître dans le ciel, occupait la moitié de son champ de vision. La lumière était encore allumée à quelques fenêtres et au-dessus du dernier étage, très loin, des feux d'avertissement aériens, rouges, clignotaient, comme s'ils respiraient, et par-delà s'étendait le ciel citadin sans étoiles. Alors, il vit une infinité de petits fragments blancs tomber du ciel.

De la neige.

Rien que quelques mots, rien qu'une phrase au moins, songea-t-il.

Il désirait ardemment ces mots. *Rien que quelques mots, c'est pourtant tout ce que je demande, alors pourquoi personne ne daigne me les dire ?* Il savait ce souhait très égoïste, mais il l'abritait pourtant en lui sans rien y pouvoir. La neige, qu'il n'avait pas revue depuis longtemps, avait, semblait-il, ouvert une porte scellée au plus profond de lui-même. Il comprenait à présent que c'était ça qu'il avait toujours recherché, depuis le début.

Les mots que cette fille avait prononcés ce jour-là, voilà bien longtemps.

« Tu verras, Takaki, tout va bien se passer. »

5

C'est en rangeant des affaires en vue de son déménagement que Akari Shinohara retrouva cette vieille lettre.

Celle-ci dormait dans un carton au fin fond d'un placard. Le ruban adhésif qui scellait le haut du carton comportait simplement l'inscription « *affaires d'autrefois* » (c'était bien son écriture, vieille de plusieurs années), mais son intérêt fut néanmoins piqué et elle ouvrit la boîte. À l'intérieur, un amoncellement de petites choses datant de l'école primaire et du collège : des textes écrits en vue de la remise des diplômes, des guides d'endroits visités lors de voyages scolaires, une liasse de mensuels pour écoliers, un enregistrement sur cassette audio – impossible de se souvenir de ce qu'elle y avait mis –, un cartable rouge déteint et un autre, en cuir, dont elle se servait au collège.

En prenant et en regardant les uns après les autres ces objets, sources de nostalgie, elle pressentit qu'elle trouverait peut-être cette lettre. Or, lorsqu'elle tomba au fin fond du carton sur une boîte à cookies vide, le souvenir lui revint. *J'avais rangé cette lettre dans la boîte, la nuit après la remise des diplômes du collège.* Elle l'avait conservée longtemps dans son cartable, sans parvenir à l'en extirper avant la fin du collège, où elle l'avait enfin remisée dans cette boîte, comme pour passer un cap.

Elle trouva la lettre entre les pages d'un fin cahier qu'elle affectionnait particulièrement. La première lettre d'amour de sa vie.

Voilà déjà quinze ans qu'elle l'avait écrite, pour la remettre au garçon qu'elle aimait lors de leur premier rendez-vous.

C'était un jour de neige profondément silencieux. Je venais tout juste d'avoir treize ans, le garçon que j'aimais habitait à trois heures de train de chez moi et ce jour-là, il devait faire un trajet compliqué pour venir me voir. Mais, à cause de la neige, son train a été retardé et il est arrivé avec quatre heures de retard. J'ai écrit ce texte pendant que je l'attendais, dans un petit bâtiment de gare construit en bois, assise sur une chaise devant un poêle à mazout.

Lorsqu'elle prit cette lettre dans sa main, l'inquiétude et la solitude ressenties au moment de sa rédaction resurgirent en elle. Elle parvint à se remémorer comme si c'était hier l'amour qu'elle éprouvait envers ce garçon ainsi que l'envie de le revoir, tant et si bien qu'il lui était difficile de croire qu'ils dataient de quinze ans. Ils demeuraient aussi forts et frais qu'au premier jour, tellement intacts qu'elle fut troublée par l'éclat éblouissant qu'ils dégageaient encore.

J'étais sincèrement amoureuse de lui, songea-t-elle. *Lui et moi avons échangé notre premier baiser lors de ce premier rendez-vous. J'ai eu la sensation que mon monde n'était plus du tout le même avant et après ce baiser. Voilà d'ailleurs pourquoi je ne lui ai pas remis cette lettre.*

Elle se rappelait cela comme si c'était hier – et dans son souvenir, cela semblait bel et bien s'être déroulé la veille. Seul l'anneau serti d'une petite pierre à son annulaire gauche témoignait du passage du temps.

Le soir même, elle rêva de ce jour-là. Par une calme nuit de neige, sous un cerisier, elle et lui, encore enfants, regardaient les flocons tomber tout doucement.

*   *   *

Le lendemain, la neige virevoltait sous forme de poudreuse en gare d'Iwafune. Pourtant, les nuages étaient peu épais et laissaient voir le ciel bleu çà et là par transparence ; les précipitations semblaient devoir cesser sans qu'il neige pour de bon. Or, cela faisait tout de même longtemps qu'il n'avait pas neigé en décembre. Ces dernières années en tout cas, on n'avait presque plus revu de chutes de neige aussi importantes qu'à cette époque-là.

Sa mère déplorait qu'elle ne restât pas jusqu'au jour de l'an, mais elle lui répondit qu'elle avait encore une montagne de choses à préparer.

— C'est vrai, ça, et puis tu dois lui cuisiner de bons petits plats à lui aussi, ajouta son père.

Elle acquiesça, non sans se faire la réflexion que ses parents avaient bel et bien vieilli. *Au fond, c'est naturel. Après tout, ils seront sous peu à la retraite. Moi-même, j'ai atteint l'âge de me marier.*

Tandis qu'elle attendait le train pour Oyama, se trouver ainsi sur ce quai avec ses parents lui sembla quelque peu étrange. Cela ne s'était peut-être jamais reproduit depuis leur emménagement dans cette région.

Encore maintenant, elle se souvenait très bien de l'inquiétude ressentie ce jour-là en descendant du train, seule avec sa mère, après un voyage depuis Tokyo. Son père, qui avait fait le trajet plus tôt, les attendait sur le quai. La famille de son père vivait à Iwafune, un endroit qu'elle connaissait pour s'y être rendue à quelques reprises, petite. C'était un coin désert mais calme par ailleurs, où elle se sentait bien. Pourtant, lorsqu'il avait fallu y déménager, ce fut une autre histoire. Elle était née à Utsunomiya, avait grandi à Shizuoka dont elle gardait le souvenir aussi loin qu'elle pût remonter, et vécu à Tokyo de sa quatrième à sa sixième année d'école primaire – aussi le quai dérisoire de la gare d'Iwafune la mettait-il profondément mal à l'aise. Elle sentait que ce n'était pas un endroit pour elle. La violente nostalgie qu'elle avait éprouvée pour Tokyo lui avait même fait monter les larmes aux yeux.

— S'il se passe quoi que ce soit, tu nous appelles, lui répéta sa mère pour la énième fois depuis la veille au soir.

Soudain, elle ressentit une vive affection pour ses parents ainsi que pour cette ville minuscule. C'était comme son pays natal à présent ; elle ne la quittait qu'à regret. Elle sourit et répondit avec douceur :

— Ça va aller. On se revoit le mois prochain à la cérémonie, alors ce n'est pas la peine de t'en faire. Rentrez, il fait froid.

Au moment où elle prononça ces mots, le train de la ligne Ryômô fit retentir au loin son signal d'approche.

La ligne Ryômô était presque vide en ce début d'après-midi et elle se trouva seule dans son wagon. Ne pouvant se concentrer sur le livre de poche qu'elle avait emporté, elle posa son menton sur ses mains et regarda par la fenêtre.

Les champs, ras et unis depuis la moisson du riz, s'étendaient à perte de vue. Elle tâcha d'imaginer le paysage recouvert d'une neige épaisse, à une heure avancée de la nuit. Peu de lumières à l'horizon, et seulement lointaines. Le givre mordait le cadre des fenêtres.

Ce paysage devait paraître très déprimant, se dit-elle. *Qu'avait-il pu y voir, ce garçon tiraillé par la faim et la culpabilité de faire attendre quelqu'un, dans son train bientôt arrêté au milieu de nulle part ?*

Peut-être...

Peut-être qu'il avait souhaité que je rentre chez moi. Ce ne serait pas étonnant, il débordait de gentillesse. Mais moi, peu m'importait de l'attendre pendant des heures. J'avais tellement, tellement envie de le revoir. Je n'ai pas douté un seul instant qu'il pourrait ne pas venir. *Si seulement j'avais pu le soulager en lui envoyant un mot, tandis qu'il était enfermé dans ce train*, regretta-t-elle avec ardeur. *Si seulement j'avais pu.*

Ne t'en fais pas, celle qui t'aime t'attendra sans relâche. Elle sait parfaitement que tu viendras la voir sans faute. Alors détends-toi du mieux que tu peux. Imagine les heures agréables que tu vas passer avec elle. Vous ne vous reverrez plus jamais après cela, alors tâche de garder pour toujours au fond de ton cœur le souvenir de ces heures miraculeuses.

Elle en était là de ses réflexions quand elle se mit inconsciemment à sourire. *Mais qu'est-ce que je vais imaginer, enfin ? Ce garçon ne cesse de me trotter dans la tête depuis hier.*

C'était sans doute à cause de la lettre qu'elle avait retrouvée vingt-quatre heures plus tôt, se dit-elle. Être obnubilée par un autre que son fiancé la veille de son mariage, il y avait probablement mieux, question fidélité. Or, son futur mari s'en moquerait certainement, s'il savait. Il venait d'apprendre sa mutation à Tokyo depuis Tamasaki, au nord-est de la capitale, ce qui les avait décidés à se marier. *Évidemment qu'il y a quelques petites choses qui me déplaisent chez lui, mais je l'aime tellement. Et je suis sûre que c'est réciproque. Les souvenirs de mon passé avec ce garçon forment à présent une précieuse partie de moi-même. Une partie de mon âme dont je ne peux me séparer, de la même façon que ce qu'on mange devient notre chair et notre sang.*

Tout en regardant le paysage défiler par la fenêtre, Akari formula cette prière : *Takaki, j'espère que tu vas bien.*

6

Le simple fait de vivre apportait au quotidien son lot de tristesse, qui s'accumulait ici et là sans raison.

Voilà la réflexion que se fit Takaki après avoir pressé l'interrupteur, en voyant son appartement sous la lumière du néon. Telle la fine couche de poussière qui s'entasse à notre insu et forme un dépôt visible, la peine avait envahi son chez-lui, sans qu'il s'en rende compte, jusqu'à le saturer.

Il suffisait de voir la brosse à dents, désormais seule, dans le lavabo. Il suffisait de voir les draps blancs qu'il avait fait sécher pour quelqu'un d'autre. Il suffisait de voir l'historique d'appels de son portable.

Voilà ce qu'il pensait alors que, comme toujours, il rentrait chez lui par le dernier train, ôtait sa cravate, pendait son costume au cintre.

N'empêche que dans ce cas, cette solitude doit être bien plus dure à vivre pour Mizuno, songea-t-il en sortant une canette de bière du frigo. Car il s'était rendu chez elle, à Nishi-Kokubunji, bien plus souvent qu'elle n'était venue chez lui. Il en était profondément désolé. *Ce n'était pas mon intention, de la rendre triste.* Alors qu'il était déjà frigorifié par l'air du dehors, la bière glacée qui coulait dans son estomac lui vola le peu de chaleur qui demeurait encore en lui.

Fin janvier.
Même pour sa dernière journée de poste, il enfila comme toujours son manteau, se rendit au travail, s'assit à son bureau comme il l'avait fait ces cinq dernières années, alluma son ordinateur et pendant que celui-ci démarrait, but du café tout en consultant le planning des tâches de la journée. Il avait réglé la question de la passation à son ou à sa remplaçante et s'occupait depuis de menues tâches pour d'autres équipes ; il comptait bien s'avancer au maximum jusqu'à sa dernière heure en poste. Ironiquement, à travers ces tâches, il avait rencontré quelques collègues qu'il considérait à présent comme des amis. Ces derniers regrettaient son départ et voulaient l'inviter à dîner ce soir, mais il avait poliment décliné :

— J'apprécie beaucoup votre geste, mais je vous demande pardon, je pense que je vais rester travailler comme d'habitude. J'aurai du temps libre ensuite, alors vous pourrez m'inviter à ce moment-là.

En fin d'après-midi, son ancien chef d'équipe vint le voir. Les yeux rivés au sol, il murmura :

— Je voulais te demander pardon pour tout.

Un peu surpris, Takaki répondit :

— Ce n'est rien.

Ils ne s'étaient plus adressé la parole depuis son transfert, un an auparavant.

Alors, en pianotant sur son clavier, Takaki réalisa qu'il avait réglé absolument tout et qu'il pouvait partir sans le moindre regret. Ce fut une sensation très étrange.

« *Je t'aime toujours* », avait écrit Mizuno dans son dernier message.

Je crois que je ne cesserai jamais de t'aimer. Takaki, même maintenant, tu restes pour moi quelqu'un de doux, de magnifique, une personne un peu lointaine de laquelle je voudrais me rapprocher.

En sortant avec toi, j'ai découvert à quel point il était facile de voir son cœur tomber sous l'emprise de quelqu'un d'autre. Ces trois dernières années, j'ai l'impression que mon amour pour toi n'a cessé de grandir, jour après jour. Chacun de tes mots, chacune des phrases de tes messages me mettait en joie ou en peine, sans juste milieu. Je devenais extrêmement jalouse pour un rien, ce qui te rendait la vie impossible. Alors ce que je vais dire risque de paraître un peu égoïste, mais j'ai l'impression d'être un peu fatiguée de tout cela.

Cela fait six mois que je tente de t'expliquer la situation par différents moyens. Mais j'ai eu beau m'y prendre de mille manières, je n'y suis jamais arrivée.

Toi aussi, comme tu ne cesses de me le répéter, tu m'aimes sans doute. Mais nous ne nous aimons peut-être pas exactement de la même façon. Et cette légère différence, pour moi, est devenue avec le temps un peu dure à supporter.

Décidément, même pour son dernier jour, il rentrait chez lui à une heure indue.

Il faisait un froid particulièrement rigoureux cette nuit-là et la fenêtre du train était complètement recouverte de buée. Il fixait les lumières des gratte-ciel qui perçaient au travers. S'il ne se sentait pas libéré, pour autant, il n'éprouvait pas non plus l'urgence de rechercher un nouvel emploi. Il ne savait pas bien ce qu'il devait penser de sa situation. Dernièrement, il ne savait plus rien, se dit-il avec un rire amer.

Il descendit du train, emprunta comme toujours le passage souterrain puis remonta dans le quartier des gratte-ciel de Nishi-Shinjuku. L'air de la nuit était si glacial que son écharpe et son manteau se révélaient totalement inutiles. Les buildings presque entièrement éteints ressemblaient à des créatures aux dimensions colossales, sorties tout droit de l'Antiquité et mortes depuis des siècles.

En marchant à pas lents dans les gorges formées entre ces concrétions gigantesques, il se dit :

Comme je peux être stupide et égoïste.

Ces dix dernières années, j'ai blessé des personnes quasiment sans aucune raison, je me suis trompé moi-même en me persuadant que je n'y pouvais rien et je n'ai cessé de me faire du mal.
Pourquoi n'ai-je pas réussi à éprouver sérieusement davantage de considération pour les autres ? Pourquoi

ne suis-je pas parvenu à parler aux gens avec d'autres mots ? À mesure qu'il avançait, une foule de regrets, de choses quasiment tombées dans l'oubli, refaisaient surface dans son esprit.

Et il était incapable de stopper ce processus.

Les mots de Mizuno : « un peu dure à supporter ». *Un peu.* Non, ça ne pouvait pas être si peu. Ses mots à lui : « J'ai eu tort », cette voix qui lui disait : « C'est trop tard, à présent », la fille de l'école préparatoire et son : « Ce n'est plus possible entre nous », la voix de Sumida : « Ne sois pas gentil envers moi » ainsi que le tout dernier mot qu'elle lui avait dit : « Merci. » Cette voix, au téléphone, qui murmurait : « Pardonne-moi. »

Et puis...

Et puis les mots d'Akari : « Tu verras, tout va bien se passer. »

Tels les abysses de l'océan, son monde était plongé dans un silence total, mais ces voix jaillissaient soudain en lui, inondaient son esprit, accompagnées d'une multitude de sons : les bourrasques d'hiver qui sifflaient entre les bâtiments, les motos, camions et autres véhicules sur la route, le frémissement d'une banderole ballottée par le vent et, entremêlant tous ceux-ci et résonnant de leur timbre grave, les bruits de la ville elle-même. Lorsqu'il s'en rendit compte, le monde était saturé de bruit.

Puis, un violent sanglot éclata... Sa propre voix.

Ses yeux versaient des larmes pour la première fois sans doute depuis le soir passé dans cette gare quinze ans plus tôt. Les larmes continuaient de monter, interminablement, inlassablement. Il pleurait sans discontinuer, comme si son corps recelait un énorme bloc de glace qui se serait mis à fondre. Il ne pouvait absolument rien faire d'autre. Alors, il se demanda :

Pourquoi ne suis-je jamais arrivé à m'approcher ne serait-ce que d'une seule personne et ne serait-ce qu'un peu, du bonheur ?

Il leva la tête vers la paroi de deux cents mètres de haut et vit clignoter, très loin dans les hauteurs, à travers ses yeux brouillés de larmes, des lumières rouges. Alors, il comprit que le salut ne saurait tomber sur lui selon son bon vouloir.

7

Ce soir-là, elle ouvrit doucement l'enveloppe retrouvée la veille.

Le papier à lettres qu'elle en sortit était aussi neuf que s'il venait de servir. Son écriture non plus n'avait pas tant changé.

Elle en lut un court passage, puis replaça soigneusement les feuilles dans l'enveloppe. Elle relirait le tout un jour, dans quelques années. C'était encore trop tôt.

D'ici là, elle décida de conserver cette lettre précieusement.

* * *

Cher Takaki,
Comment vas-tu ?
Si l'on nous avait dit lorsqu'on a choisi la date de notre rendez-vous qu'il neigerait aussi fort, aujourd'hui... Apparemment, même les trains ont du retard. Du coup, en t'attendant, je choisis de t'écrire cette lettre.

Je suis assise devant un poêle à mazout, alors il fait bon. J'ai toujours du papier à lettres dans mon cartable. Comme ça, je peux écrire n'importe quand. Je crois que je te donnerai ce mot tout à l'heure. Alors tu as intérêt à ne pas arriver trop vite ! Fais en sorte de ne pas te presser, prends bien ton temps.

Nous allons nous revoir aujourd'hui pour la première fois depuis des lustres. Onze mois déjà. C'est pourquoi je dois avouer que je suis un peu stressée. J'aurais presque peur qu'on ne se reconnaisse pas. Mais la gare, ici, est vraiment riquiqui comparée à Tokyo, ça ne risque donc pas d'arriver. Pourtant, j'ai beau faire de mon mieux pour t'imaginer dans ton uniforme du collège ou dans celui de ton club de foot, le résultat ne correspond jamais au Takaki que j'ai connu.

Bon, l'inspiration commence à me manquer... Qu'est-ce que je pourrais te raconter d'autre ?

Ah si, voilà : tout d'abord, je dois te remercier. Je vais te dire ce que je ressens mais que je ne suis jamais arrivée à t'écrire comme je l'aurais voulu.

Tu étais là quand j'ai déménagé à Tokyo en quatrième année de primaire, et pour cela, je te dois une fière chandelle. Je suis ravie qu'on ait pu devenir amis. Sans toi, l'école aurait été mille fois plus pénible à vivre.

C'est pour ça que je ne voulais surtout pas de ce nouveau transfert scolaire qui allait m'éloigner de toi. Je voulais aller dans le même collège que toi pour grandir avec toi. Voilà ce que je souhaitais de tout mon cœur. À présent, je me suis habituée, je pense, à mon collège (tu n'as pas à t'en faire pour moi), mais ça ne m'empêche pas de songer plusieurs fois par jour que ce serait tellement mieux si tu étais là.

Et puis il y a le fait que tu vas encore déménager, bien plus loin cette fois, qui me rend très triste. Jusqu'à maintenant, même si Tokyo n'est pas tout près de Tochigi, je me disais que tu serais toujours là pour moi s'il m'arrivait quelque chose. Qu'il nous suffisait de prendre le train pour nous retrouver rapidement. Mais cette fois, tu t'en vas à l'autre bout de Kagoshima, ce qui rendra la chose impossible...

À présent, je vais devoir me débrouiller toute seule. Vais-je en être capable ? Je ne peux pas l'affirmer. Pourtant, je n'ai pas le choix. À vrai dire ni toi ni moi n'avons le choix, n'est-ce pas ?

Il y a une dernière chose qu'il faut que je te dise. J'espère pouvoir te le dire aujourd'hui de vive voix, mais je te l'écris quand même ici, au cas où je n'y arriverais pas.

Takaki, je t'aime. Je ne me rappelle plus quand je suis tombée amoureuse de toi. Ça s'est fait très naturellement, sans que je m'en rende compte. Dès le jour où l'on s'est rencontrés, j'ai trouvé que tu étais un garçon d'une grande force et d'une grande bonté. Tu n'as jamais cessé de me protéger.

Takaki, je suis sûre que tout va bien se passer pour toi. Quoi qu'il arrive, je suis persuadée qu'une fois adulte, tu deviendras quelqu'un de remarquable, doté d'une profonde gentillesse. Peu importe la distance qui nous séparera encore, je t'aimerai toujours.

Tâche de ne jamais l'oublier.

* * *

Une nuit, il fit un rêve.

Il rêva qu'il se trouvait chez ses parents à Setagaya ; toutes les affaires étaient dans des cartons en prévision du déménagement, mais il écrivait une lettre. Il comptait la donner à la fille dont il était amoureux, lors de leur premier rendez-vous. C'était la lettre qui avait fini emportée par le vent et qu'il n'avait pu remettre à la fille en question. Dans son rêve, il était conscient de cela.

Pourtant, il se disait qu'il lui fallait l'écrire quand même. Même si personne ne la lisait jamais. Il avait besoin de l'écrire, il le savait.

Il tourna la feuille et en entama la dernière page.

* * *

Je ne sais pas encore bien ce que ça veut dire, concrètement, devenir adulte.

Pour autant, je sais que je voudrais devenir quelqu'un qui n'aura pas honte de te croiser, si ça devait arriver par hasard, à l'avenir.

Et ça, je veux t'en faire la promesse.

Je t'aime depuis le début.

Tâche de prendre soin de toi.

Au revoir.

8

Avril et ses cerisiers qui colorent les rues de Tokyo.
Il avait travaillé jusqu'à l'aube, ce qui lui avait valu de se réveiller un peu avant midi. Il ouvrit les rideaux : dehors, la ville était inondée de soleil. Sous la brume printanière, on apercevait les gratte-ciel, dont chacune des fenêtres scintillait, comme heureuse de refléter la lumière du jour. Au milieu des immeubles plus bas, on voyait çà et là des cerisiers en pleine floraison. À nouveau, il songea à quel point ceux-ci étaient nombreux à Tokyo.

Trois mois s'étaient écoulés depuis sa démission. La semaine précédente, il avait commencé un nouveau travail. Il avait fait jouer ses relations à son ancienne entreprise pour trouver un emploi modeste, impliquant le genre de projet informatique de petite envergure où l'on effectue tout soi-même, de la conception à la programmation. Par la suite, il se demandait s'il n'allait pas se lancer comme programmeur freelance. Il ignorait s'il en était capable, mais en tout cas, il voulait désormais entreprendre quelque chose de nouveau. Il se replongeait dans la programmation après un temps d'absence et celle-ci lui paraissait étonnamment captivante. La sensation de ses dix doigts pianotant sur le clavier se révélait un amusement en soi.

Il déjeuna d'une tartine recouverte d'une fine couche de beurre ainsi que d'un café au lait bien plus lait que café. Ayant abattu ces derniers jours une belle quantité de boulot, il décida en faisant la vaisselle de prendre sa journée.

Il enfila une veste légère, sortit de chez lui et déambula dans les rues. Il faisait un temps agréable, un doux vent batifolait de temps en temps dans ses cheveux, l'air fleurait bon le début d'après-midi.

Depuis qu'il avait quitté son entreprise, il s'était souvenu, pour la première fois depuis des années, que la ville sentait différemment selon les heures de la journée. Les premières heures du matin avaient une odeur particulière, qui préfigurait le temps à venir ; le soir avait lui aussi un fumet singulier, doux et enveloppant, qui annonçait la fin du jour. Le ciel étoilé, le ciel nuageux, l'odeur des gens et de leurs activités, de la ville comme de la nature se mêlaient pour n'en faire plus qu'une. Il constata qu'il avait oublié un tas de choses, depuis tout ce temps.

Il marchait sans se presser dans un quartier résidentiel et son dédale de petites rues étroites quand il eut soif.

Il alla s'acheter un café à un distributeur, le but dans un parc, regarda sans y penser des enfants qui le dépassèrent en sortant de l'école en courant, puis observa du haut d'une passerelle une file de voitures ininterrompue. Au fil de sa promenade, les gratte-ciel de Shinjuku apparaissaient et disparaissaient au loin derrière les immeubles d'habitation, de commerces et de bureaux. Par-delà les buildings, il distinguait un ciel très pâle, comme si l'on avait dilué son bleu dans un grand volume d'eau, constellé de quelques nuages blancs charriés par le vent.

Il traversa un passage à niveau. Juste à côté se dressait un grand cerisier, et le bitume alentour, qui avait recueilli ses pétales, était d'un blanc immaculé.
En voyant un pétale danser lentement en tombant, il songea :

Cinq centimètres par seconde.

L'alerte du passage à niveau retentit, et l'atmosphère printanière imprégna son cœur de nostalgie.
Une femme, devant lui, approchait. Le bruit agréable de ses mules blanches foulant le béton lui parvenait entre les notes émises par la sonnerie. Au centre du passage à niveau, ils se croisèrent.
À cet instant, une vague lueur s'illumina dans son cœur.

Tandis qu'elle et lui poursuivaient leur chemin, il fut persuadé que s'il se retournait maintenant, elle aussi se retournerait. Cette conviction ne reposait sur rien, mais elle n'en était pas moins là, inébranlable.

Une fois le passage à niveau traversé, il fit lentement volte-face, et la regarda. Elle aussi se retourna lentement vers lui. Leurs yeux se rencontrèrent.

Son esprit et ses souvenirs furent agités d'un violent tumulte, et au même instant, un train rapide de la ligne Odakyû barra leur champ de vision.

Une fois le train passé, sera-t-elle encore là ?

En réalité, peu importe. Ce serait déjà un véritable miracle que cette femme soit bien celle à laquelle je pense, alors je saurais me contenter de ce prodige.

Il prit sa décision : *Lorsque ce train sera passé, j'avancerai.*

Postface

Le présent roman est basé sur le film d'animation du même titre, dont je suis le réalisateur. En d'autres termes, j'ai moi-même pris en charge la novélisation de ma propre œuvre, en tâchant de rendre cette lecture agréable même à celles et ceux qui n'ont pas vu le film. Même si les deux œuvres se complètent sur plusieurs points, et même si j'ai volontairement modifié ici quelques passages par rapport au film, vous pouvez vous plonger sans risque dans ce livre avant de regarder le film, ou faire l'inverse, et y prendre tout autant de plaisir.

Le film *Cinq centimètres par seconde* fut projeté pour la première fois en mars 2007 à Tokyo, au Cinema Rise de Shibuya. J'ai entamé la rédaction de ce roman pile à la même période, puis pendant les quatre mois qui ont suivi, j'ai partagé mon temps entre des tournées dans les salles de cinéma de tout le pays pour présenter le film et l'écriture de ce roman, chez moi. Comme le manuscrit du roman avait paru en feuilleton dans le mensuel *Da Vinci*, j'ai pu recevoir en même temps dans les cinémas des avis sur le film ainsi que d'autres sur le roman – cette période m'a rendu très heureux.

Il y a une différence entre ce que l'on peut exprimer au travers des textes et des films. Ces derniers (couplés à la musique) permettent souvent d'énoncer les choses de manière plus rapide, mais ils peuvent également avoir tendance à comporter certaines émotions superflues. Puisqu'il m'a fait réfléchir à toutes ces choses, le travail de rédaction de ce livre fut également une expérience extrêmement stimulante. À compter de maintenant, je souhaite recommencer à créer des films et à les transformer, de frustration, en textes, et vice versa – ou bien encore, pourquoi pas, à créer des films qui ressembleraient à des romans.

Je tiens à remercier du fond du cœur toutes les personnes qui ont lu cet ouvrage.

Makoto Shinkai, août 2007

Commentaire
d'Ai Nishida, *idol* et essayiste

Les premières amours malheureuses ne sont pourtant pas chose rare.

En visionnant le film d'animation *Cinq centimètres par seconde*, sorti en 2007, je suis restée fascinée par ses paysages, tous d'une si grande beauté qu'ils ne pouvaient avoir été imaginés de toutes pièces, ; ils avaient forcément émergé du souvenir de quelqu'un. Des paysages si étincelants qu'on aurait presque pu reprocher au réalisateur de nous noyer sous le sublime. La dernière scène où se joue la chanson *One More Time, One More Chance* de Masayoshi Yamasaki, est des plus marquante. Il n'est donc pas étonnant qu'à l'époque de sa sortie, même moi, collégienne de province, aie été au fait des débats des fans autour de ce film : comment fallait-il percevoir le dénouement ? « Anime déprimant » pour les uns, « *happy end* » pour les autres ! Mais la vraie question, pour certains, était de savoir pourquoi le héros ne se remettait pas de son premier amour…

Cet ouvrage n'est autre que la novélisation, par le réalisateur Makoto Shinkai lui-même, du film *Cinq centimètres par seconde*, publiée en feuilleton dans le magazine *Da Vinci* à partir de mai 2007. Il s'agit du premier roman de l'auteur. Il est paru en volume relié en novembre de la même année, puis au format poche en 2012, chez MF Bunko Da Vinci. Une deuxième édition au format poche a également paru chez Kadokawa Bunko. Ce texte nous permet de découvrir certaines facettes des personnages peu développées dans le film.

Épisode un : *Fleurs de cerisiers choisies*
Il s'agit des souvenirs d'une enfance impuissante face aux aléas de la vie. Cette impuissance est ce qui permet, d'un autre côté, aux enfants d'échapper aux responsabilités. Une fois adulte, cela n'est plus possible. Il faut alors assumer ses actes face aux autres, face à la réalité, et agir. Takaki, un garçon relativement mature pour son âge, rencontre une fille qui, comme lui, détonne un peu dans le paysage. Tous deux n'ont cessé de déménager au fil de leur scolarité et savent donc que les liens qu'ils tissent avec les autres peuvent soudainement se briser à cause des impératifs des adultes. Pour ces enfants, le temps paraît bien plus long et la distance, bien plus lointaine que pour les grandes personnes. Lorsqu'ils croient pouvoir enfin trouver leurs marques, ils se retrouvent à nouveau séparés par les adultes. Takaki, ballotté à cause du travail de son père

de Nagano à Tokyo, et de là à la petite île de Tanegashima, rencontrera Akari, la seule personne au monde ayant réussi à ouvrir son cœur.

« *Pourquoi faut-il toujours que ça finisse comme ça ?* »
Cette phrase reviendra plusieurs fois dans l'esprit du garçon : quand il lui faudra se résigner à ne pouvoir aller dans le même collège que Akari, quand le train qui le conduit chez son amie sera bloqué par la neige, puis à l'annonce de son déménagement dans le Kyûshû, qui sonnera la fin de leur relation. Depuis cette époque, la résignation couve dans son cœur. Il se retournera sans cesse vers le passé, tant ses derniers souvenirs avec Akari sont merveilleux.

Épisode deux : *Cosmonaute.*
L'écolier transféré de Nagano à Tokyo est devenu un collégien transféré de Tokyo à Kagoshima, dans le Kyûshû.

Kanae, quant à elle, vit son dernier été de lycéenne, celui où elle doit réfléchir à son avenir. Cette jeune fille poursuit Takaki, le garçon qu'elle aime, avec assiduité et en secret. Ayant passé toute sa vie sur l'île, elle est éblouie par ce lycéen venu de la capitale. Si elle ne peut obtenir Takaki, en revanche, il lui reste la mer. Le garçon, lui, ne bénéficie pas de pareil secours.

Épisode trois : *Cinq centimètres par seconde*
Les doux souvenirs d'amour deviennent amers. La vie de Takaki, comme celle des autres personnages,

se déroule cette fois à la troisième personne et n'a plus rien de rutilant ni même d'enviable. Le jeune homme a choisi de vivre à Tokyo. Toutefois, que ce soit à l'université, sur son lieu de travail ou même auprès de ses amantes, il n'arrivera nulle part à être « vraiment lui-même ». La résignation qui a teinté son cœur durant son enfance ne le lâchera pas. Il aura fait tout son possible pour vivre et s'habituer à son environnement, mais la liberté ainsi acquise aura plutôt le goût du vide existentiel. Takaki essaiera à plusieurs reprises de combler ce vide béant par l'amour. Dans son cœur, cependant, Akari demeure par trop spéciale. Son premier amour, qui répondait à toutes ses attentes, était si parfait qu'il relevait en quelque sorte du miracle. La reconnaissance unique qu'il avait obtenue de sa camarade donnait sens à sa vie, mais à présent qu'il est adulte, elle a perdu de son efficacité.

Takaki n'a pu devenir le chevalier servant qui protégerait Akari. Il avait besoin de briser l'envoûtement qui l'empêchait d'avancer.

Au bout du compte, un miracle l'aidera à se tourner vers l'avenir. Ce miracle n'est en fait rien de plus qu'un minuscule coup de pouce. C'est sa propre force qui le poussera à aller de l'avant. Pour les adultes, la distance est plus courte, le temps moins long que pour les enfants.

Le « je » masculin du narrateur intervient lorsque celui-ci se cherche et lorsqu'il se retrouve. Nombreux sont les récits d'amour ou de relations proches de l'amour, où les femmes sont des vecteurs entre le monde et soi. Ce genre de personnages féminins est également récurrent dans les œuvres de Haruki Murakami, qui ont influencé Makoto Shinkai. Pour autant, cette œuvre-ci n'est pas une allégorie. Le film, comme les descriptions de ce livre, les premières amours malheureuses ou la tristesse de l'âge adulte, tout cela tire ses racines de la réalité. Cette réalité, ainsi que l'ombre qu'elle dessine dans ce qui passe au premier abord pour le récit d'un amour trop éblouissant, sauront-elles passionner les adultes ?

Table des matières

Épisode un : Fleurs de cerisiers choisies 7
Épisode deux : Cosmonaute 61
Épisode trois : Cinq centimètres par seconde 119

Postface............................... 197
Commentaire d'Ai NISHIDA, *idol* et essayiste.... 201

Composition et mise en pages
Nord Compo à Villeneuve-d'Ascq